新潮文庫

手のひらの京

綿矢りさ著

JN150535

新潮社版

11093

手のひらの京《みやこ》

京都の空はどうも柔らかい。頭上に広がる淡い水色に、綿菓子をちぎった雲の一片がふわふわふわと浮いている。鴨川《かもがわ》から眺める空は清々《すがすが》しくも甘い気配に満ちている。春から初夏にかけての何かはじまりそうな予感が、空の色にも溶け込んでいる感じ。凜《りん》が思いきり息を吸いこむと、水草が醸《かも》し出す川の香りが胸を満たした。

家まで帰る途中に、凜は鴨川を渡る北大路橋を通り過ぎるだけでは飽き足らず、自転車を引いて河川敷まで降り、気に入りのいっとう広い木製のベンチに腰かけて空を見上げていた。投げ出した足の向こうには鴨川の清流がある。雨が降れば大量の川水を泥で濁らせてどうどうと勢いよく、晴れの日は陽を受けて水飴《みずあめ》状に光りながら穏やかに流れる。河川敷にはジョギング中の中年男性や犬の散歩中のカップルが歩いている。三月末から四月にかけて咲き誇っていた川沿いの、薄いピンクのしだれ桜、川の小さな中州や土手に咲きみだれていた黄金色の菜の花はともに季節を終え、いまでは新緑のつやつやした青い葉が川べり特有の大きい風に揺られて、ざわついている。

春の花の季節が終わったいま、鴨川からすぐ近くの京都府立植物園ではこれから何が見られるのだろう、と凜は不思議に思う。椿《つばき》に桜に菜の花に桃に木蓮《もくれん》、水仙が終わり、町中からは鉢植え以外の花は消えた印象だが、植物園ともあろうものが、冬はしようがないとしても五月に花を絶やすとは考えにくい。まさか、ツツジとか？　ツツジはきれいだけど町なかの道ばたでも見られるからなぁ。吹く風に髪をもてあそばれながら、凜は歩いて十分ほどの場所にある植物園の情報を携帯で調べた。

薔薇《ばら》だ！　洋風庭園には約三百種類の薔薇が咲くとある。そういえば先月に植物園に行ったら、ありとあらゆる花が咲いているのを見られたのに、薔薇園だけは茎と葉のみで人気《ひとけ》もなく寒々としていた。世界各国のプリンセスや風光明媚《めいび》な地名から取った仰々しい品種名を読むのと、鮮やかに咲きこぼれる薔薇の花弁が大好きな凜は、さっそく姉たちを誘って植物園へ行こうと頭のなかで計画した。薔薇が見られるとなると、腰の重い綾香《あやか》姉《ねえ》もすぐ忙しぶる羽依《うい》ちゃんも、北山の街の散策を兼ねて自転車で訪れてくれるだろう。携帯がポーンと軽い音を鳴らす。

『ハヤシライスの材料、買ってくれた？』

鴨川で一休みしているのを見抜いているがごとくの綾香からのメッセージに、そろそろ行かなくちゃ、と凜は名残惜しく空を見上げた。どこまでも広がる空は柔らかさを残したまま夕方を迎え、玉ねぎを炒《いた》めたキツネ色に変化している。デミグラスソース色へと変わってゆくさまは自転車に乗りながら眺めよう、と決めて凜は立ち上がった。いつか京都を発《た》つかもと予感があってからは、この町のどの景色も目に染《し》みる。写真には撮れない故郷の優しい色合いを瞳《ひとみ》の奥に、しっかり閉じ込めておきたい。

黄昏《たそがれ》のなんとなくセンチメンタルな時間帯には、一つのうろ覚えの曲が、小さな気泡になって心の底から表面へと浮き上がる。うろ覚えなのは、母があやふやなメロディを歌っているのを聞いただけで、歌手が歌うのを聞いたことがないためだ。凜は自転車をこぎながら、風にまぎれて口ずさむ。

田舎の堤防　夕暮れ時に
ぼんやりベンチに　すわるのか
散歩するのも　いいけれど
よりそう人が　欲しいもの
まわりの暗さは　僕達のため
あの娘《こ》が来るのを　待っている
夕暮れ時は　さびしそう

とっても一人じゃ　いられない

「お母さんが高校の文化祭のときにね、廊下にいた三人組の男女がいきなりアカペラで歌い出したんよ。校舎内ゲリラライブ、ってとこやね。きれいなハーモニーの歌声で、間奏の部分がオカリナやねんけど、三人組のうちの真ん中が縦笛を吹き出して、それが曲にぴったりの心細げな音でな。上手かったわ、忘れられへん」

当時ヒットしたらしいこの曲は、母が歌うと音程が低く平坦《へいたん》に聞こえた。ねんねんころりよの子守唄《こもりうた》にも雰囲気が似ていて、暗い曲調に夕闇《ゆうやみ》に飲み込まれそうな不安を感じつつも、不思議と心が休まる。夕暮れ時はさびしそう、と〝さびしい〟と断定せずどこか他人《ひと》ごとみたいに呟《つぶや》いたかと思えば、すぐ後に、とっても一人じゃいられない、と感情的に吐きだす。この不安定さは、逢魔《おうま》がときとも呼ばれる夕方の心細さを経験したことのある人間なら誰でも、きっとよく理解できる。

ハヤシライスほど牛肉の質に左右されるメニューはない、というのが綾香の口ぐせで、凜が家に帰るとすでに深めのフライパンで近所の肉屋で買った牛のこまぎれに火を通していた。

「ただいまぁ」

「おかえり。トマトとマッシュルームは買ってきてくれた？」

料理の際、家族内で唯一《ゆいいつ》きっちりエプロンをつけて髪をまとめる綾香が、手を動かしながらふりむきもせず凜に尋ねた。

「買ってきた、サラダ用のレタスとクルトンもいっしょに。肉、早く炒めすぎやない？　硬くなるよ」

綾香は菜箸《さいばし》で肉を転がしながら、丸みのある横顔で微笑《わら》った。

「凜ちゃんがガレージに自転車を置く音が聞こえてから、フライパンを熱し始めたんやし、だいじょうぶよ。鍋《なべ》に水を入れて、沸騰《ふっとう》させてくれる？　トマトの湯むき用」

シンク前のテーブルにスーパーの袋に入ったままの材料を置いて、そのまま立ち去ろうとしていた凜は、綾香の穏やかだが有無を言わさぬ口調に頭の向きを変えられて、しぶしぶしゃがみ込み十年選手の行平鍋《ゆきひら》を取り出して、蛇口から水を注いだ。夕食番は三姉妹で交替制だが、自分の当番の日ではなくともときどきこうして手伝わされる。まだまだ料理が不得手の凜は、手順が分からなくなり台所で大騒ぎしては、度々綾香の知恵を借りるのだから、お互い様だ。鍋がぐらぐら煮立つと、姉の指示通り凜は洗ってへたを取ったトマトを三個、鍋に恐る恐る入れる。

「熱ッ」

湯にはさわっていないのに、熱い蒸気が指先を取り巻いて、凜はあわてて手を引っ込める。

「お玉で入れればいいのに」

下味付けのさいちゅうで忙しい綾香が遅いタイミングでアドバイスを入れ、残りのトマトは玉じゃくしでゆっくりと沸騰したお湯に沈めた。

〝私も主婦として定年を迎えます〟と母が父の定年のタイミングでおごそかに切り出したとき、三姉妹はまったく意味が分からなかったが、つまりはそれが、二度と食事は作らないという母の宣言だったのだ。

「三人もの子どもの毎食のご飯、お弁当、ほかのお世話もすべて、母さんは大変がんばってやってきました。もう十分。名入りの包丁も重い木のまな板も、油の焦《こ》げ付いたコンロも当分は見たくない。これからは趣味の料理だけ、したくなったらします。朝と昼ご飯は各自で、お夕飯はあんたらで作りなさい」

話があります、とわざわざリビングに呼び出された三姉妹と父のうち、綾香だけが若干動揺して、口を引き結んだが、残りの家族たちはへっちゃらな顔をしていた。羽依にいたっては「話ってそれだけ？　友達と電話してる途中だから、部屋戻るね」と座っていたソファの背を飛び越えて、二階の自室へ続く階段を軽い足取りで登っていった。

「父さんはメイワクかけないから」

日ごろ家族内の四人の女に圧倒されて、かつ粗食をまったく厭《いと》わない父は、とりあえずそうつぶやいて、残った二人の姉妹の反応を見た。

「いいんじゃない。私もなるべく大学で食べてくるようにするし」

どこか浮き浮きした口調の凜と、感情を表に出さない綾香に母はため息をついて、長年使い続けてきたかっぽう着をたたんで、腕のなかでくるくると巻いた。

「なるべく、じゃなくて、毎度のご飯を自分で考えるようにね。私もときどき自分と父さんの分は作るけど、あてにせんといてね。あー疲れた、これでお勝手に立たなくて済むと思うと、人生が倍に広がったくらい、清々しい気分になるわ」

「母さん、おおげさ」

うんと背伸びする母の姿に、ソファにもたれたまま凜が笑う。

「母さん、いままでありがとう」

唯一ちゃんと礼を言った綾香と、続いてあわてて頭を下げた父に、母は厳しい表情のまま、うんと一度うなずき、ため息をつきながら廊下へと消えていった。凜も礼を言いたかったが、ついタイミングを逃した。社会人の綾香にくらべて、大学生で母に手料理卒業宣言を下された羽依や自分は、かなり不憫《ふびん》なのではないかという拗《す》ねた思いが、心をかすめていたからだ。かといって毎度夕食の時間を気にして帰宅を早めたり、今日は食べないと連絡し忘れて母に怒られる窮屈な日々に帰りたいとも思わない。自宅での手料理が当たり前の家庭で育った凜は、外食に憧《あこが》れてさえいた。家にご飯があると思うと、あまり入る気にならなかったレストラン、身体《からだ》に悪いと母に怒られ続けたファストフード、あれもこれも食べてみたいと凜の夢はふくらむ。学生食堂は安いわりに意外なほど美味《おい》しいから、昼も夕も利用してもいいかもしれない。

しかし半年も経《た》たないうちに外食の濃い味に辟易《へきえき》した凜は、同じ状態だった姉たちと一緒に、なんとか再び台所に立ってもらえないかと母に懇願したが、けんもほろろだった。長年の主婦友だちと趣味へ習い事へ行楽へと出かける楽しみを覚えた母は、夕飯どきにちゃんと帰ってくることとすらめずらしくなった。遊びだしてからというもの表情は明るくなり腹の底から笑い声を響かせるようになったので、家族も生き生きとした母を止めることができなかった。

母の面立ちは三姉妹の誰にもあんまり似ていない、というのが奥沢家や彼らの親族の長年の定説だった。しかし怒濤《どとう》の三連続の子育てを終えて、食事作りの家事からも解放されると、厳《いか》めしい表情が柔らかくなり、無駄な脂肪が落ち、年月の蓄積から顔立ちの輪郭が削り出された。するとつぶらな瞳は長女の綾香に、うすい唇は次女の羽依に、ふっくらした頬は末娘の凜に似ていることが判明した。しかし母の太い鼻柱は、どの子どももやっぱり受け継いでいなかった。

そうしてぎこちない当番制の夕食作りがスタートした。凜は進学した大学院での研究の忙しさ、羽依は生来の料理嫌いから綾香ばかりが代打を頼まれる日々が続いている。綾香がただで引き受けるはずもなく、二人は晩ご飯の用意を代わってもらう度に綾香に三百円払い、回数を重ねると割と深刻に懐《ふところ》に響いてくるこの代金を二人は「夕食税」と呼んでいる。給料と夕食税とで綾香は結構貯《た》めこんでいるぞと、家族たちは噂《うわさ》している。

以前食事の場で羽依が「将来のための結婚資金か」と綾香をからかったところ、顔を真っ赤にして怒るという本気の反応が返ってきたので、以降奥沢家では夕食税の行方に対しての質問は禁句になった。

綾香のハヤシライスは今年で六度目だ。

「上等なお肉買ったん？」

高級な食材を買うと〝上等やで〟と毎度自慢するのがくせの母に影響を受けて、凛もお肉屋さんの紙でくるんである肉を見ると尋ねずにはいられない。

「まったく上等やないよ。ハヤシライスのお肉は脂肪が多くて腐りかけくらいの甘い牛こまが一番合うのよ」

「腐りかけの肉なん!?」

凛はトマトソースやグリンピースと混ざり合っている肉を凝視した。

「ちゃうよ、今日買ってきたんやから。でも上等やない、普通の肉やけど甘みが出るまでじっくり煮るの」

「姉《ねえ》やんってなんでハヤシライスにこだわるの？　けっこうマイナーな料理やない？」

「私がうんと小さいころにハヤシライスのルーのＣＭが何度も放送されてて、きっとそのすり込みね。あらこんなーところに牛肉が♪」

いきなり歌いだした姉に凛はびっくりした。

「たまねーぎ、たまねぎあったわね♪　ハッシュドビーフ、こんなにおいしくできちゃった♪　あ、ハッシュドビーフの歌だった、ハヤシライスちゃうわ」

「しっかりしてよ、姉やん」

ハッシュドビーフの間違いだったと判明して行き場を失った、ぐつぐつ煮えているさいちゅうのハヤシソースと、一笑いしたあとサラダの調理に取りかかった姉を台所に置いて、凜は二階の自室へ上がった。

明日の大学院での生物多様性特論の講義では、個人の発表がある。種の多様化と系統分類についてのレジュメを今日中に書き終わり、どんなことを話すかまで考えなくてはいけないが、本とプリントを取り出したもののすぐに取りかかる気になれず、ベッドに寝転んだ。天井にはちょうど仰向けになったときの目の位置に、視力検査表が貼《は》ってある。○のどこか一部分が欠けている、保健室にもあったあの紙だ。天井のものは保健室のものよりいくらか小さく、凜が小学生のころから貼ってあるため端が黄ばんでいる。いまではコンタクトレンズをつけていても見えないマークもあるが、凜はすべて暗記しているのでいつも視力は2・0を誇る。

右、左、下、右斜め下、右、上、左、右。

この表を貼ってくれた父は、最終的にマークの並びの順番を覚えてしまう可能性については、考えなかったのだろうか？　もうやめたいと思いつつもベッドに寝転がるといつもの習慣で、凜は片目をつぶり、天井を見上げてしまう。

下、左、右、上、左、左斜め上、右、下。

玄関のドアが開いたのが、微《かす》かな音と風圧で分かった。ふいに入ってきた新しい空気に家がぱんと張り、膨らみ、ドアが閉まると同時にしぼむ。この家は住人が出て行ったり帰ったりする度に呼吸する。二階の階段を登ってくる足音で、帰ってきたのが羽依だと凜は分かった。勢いよくあっちこっち踏み鳴らしながらリズミカルに上がってくるのは、羽依の足音だ。

「凜、ちょっと聞いてよ」

羽依が直接自分の部屋に向かわず、ドアからもれる明かりを確認してノックもなしにこちらの部屋のドアを開けることも、凜は気づいていた。いつも通りだ。

「なに、寝てたんだけど」

視力検査をしていたくせに、まるでいま起きたかのように凜は不明瞭《ふめいりょう》な声を出し、目をこすりながら、だるそうに起き上がった。ひまにしてると思われるのがいやなのだ。

「前原さんから今来たメッセージなんやけどさ、ありえなくない？」

ベッドに腰掛けた羽依が見せてきた携帯の画面を、凜はのぞきこんだ。

『羽依のことはもちろん愛してるよ。でもどうしても会いたいって気持ちは、おれには分からないんだよね。会いたいときに会えばよくない？？』

読み終わると凜は脱力して目をそらした。世のカップルたちは、こんなこってりしたメールを毎回やり取りしているのだろうか？　胃が焼ける。

「ひどない？　会うの断るにしても、〝会えなくて残念や〟とか普通書かへん？」

「会いたい会いたいってわがまま言ったんやないの？」

「言ってない。〝付き合ってすぐのころは、もっとひんぱんに会うのがフツーじゃない？〟ってメールしたんよ。そしたら返事がこれ。かなりスカしてるよね、モテる男きどりっていうか、なんか私が〝どうしても会いたい〟ってねだってる設定になってるし。いったい何様のつもりなん、この男」

「モテるんでしょ、実際」

入社式後の新人研修でさっそく彼氏ができたと喜びいさんで羽依が帰ってきたのは、まだ凜の記憶にも新しい三週間前のできごとだ。相手はおなじ新入社員ではなく、指導役として研修に参加した上司の前原智也《ともや》で、年は三十を過ぎているのに女性新入社員のなかでダントツ人気なのはもちろん、会社中の独身女性が狙《ねら》っている存在だから、嫉妬《しっと》されたらどうしようと、羽依はうれしそうに話していた。僕たちが付き合っていることを絶対に社内の人間にもらさないでね、と何度も念を押されたという話を聞いて、なんとなく前原にうさんくささを感じた凛だったが、羽依の喜びに水を差したくなくて祝福していた。

「モテるかもしれないけど、モテる自分に酔ってる男は、私のなかではなんか違うな。自分がモテてることに気づいてないとか、もしくは気づいてても〝なんで俺なんかが？〟ってもっと謙虚でいてほしい。前原さんはクールにきめようとして、すべってる。関西の男でさぶいのは、あかんわ」

不満げにうつむく羽依の横顔に、きれいな栗色《くりいろ》に染め抜かれた髪がかぶさる。羽依の巻き髪は、朝に洗面台で丁寧にカールさせたときと変わらない状態で、夕方のいまもキープされている。

「決めた。このままスカしたことばっかり言ってデートもろくにしないなら、べたぼれのふりして散々甘やかして、あっちが安心しきったところに捨てたろ。さいわいエッチもまだしてないし、会社の誰にも言ってないし、十分やり直しはきく」

「そんなややこしいことしなくても、情が無いならさっさと別れたら」

「このまま別れたら羽依の名前がすたるわ。そんなん許されへん」

前原と同じくらい、いやそれ以上に自分のモテに対して自信があるのは羽依だ。小中高、大と、学生時代あますところなく男性から評判が良く、小学校が同じだった凛は、昼休みになると校庭の楠《くすのき》の下で取り巻きの男子たちに囲まれている羽依を見てきた。高校生になるとなにかしら特技のある、かつ爽《さわ》やかな男子にいつも羽依は腕をからませて歩いていた。ニューカマーの発掘にも長《た》けていて、羽依が長所を発見した目立たないが光るところのある男子は、羽依と別れたあと高値がつき、評判が上がった。羽依に長続きする女友達は少なかったが、いまいち男子自体に興味のもてない凜とは性格が違いすぎてぶつからずに共に育った。

「凜、羽依、ご飯よぉ」

階下から綾香の大きな声が飛んでくる。

「はーい、いま降ります」

声をそろえて姉妹が返事する。かつては母に同じように一階から呼ばれても、なんとなくだらだら自室で過ごして「ご飯が冷めるやろ！」と怒られていた姉妹だったが、自分が作るようになって同じ理由で苛《いら》つくと分かってからは、速やかに階段を降りるようになった。

「今日のご飯、なにか知ってる？」

「ハヤシライスやで」

「えー、また？　姉やんのハヤシライスばっかり食べてる気がする。おいしいけど」

「ハッシュドビーフと間違えてたらしいよ」

「ハヤシライスもハッシュドビーフも同じやん」

「えっ、そうなん？」

「味一緒やろ。知らんけど」

食卓には羽依の後に帰ってきて、すでにシャワーも浴びた父が先についていた。老眼鏡が自身の湯気でくもっている。

「父さん、おかえり」

「ただいま」

テーブルの上にはすでに父がサラダの器とスプーンやコップを並べていて、姉妹は椅子《いす》に座るだけでよかった。鍋つかみを手にはめた綾香が、ライスが入った皿を運んでくる。

「父さん、量はこんなもんでいい？」

「いいよ、ありがとう」

湯気の立つ皿が次々に各々の前に置かれる。

「姉やん、私はルーは食べるけど、ご飯はやめとくわ」

「羽依、またご飯を抜くの？　ハヤシライスはあったかいご飯といっしょに食べてこそおいしいと思うけど」

炭水化物や甘いものを取らないようにしている羽依は綾香の言葉につい目が泳いだが、意志をつらぬいた。羽依を除く全員の皿にライスが盛られている。

「いただきます」

グリンピースの緑がポイントのハヤシライスは、トマトの酸味と柔らかくなるまで煮込んだ牛肉の風味がマッチして、赤ワインの味付けもコクがあり、すこぶる美味しい。具材の味を染みださせるために、辛抱強く煮込み続けることのできる、綾香ならではの料理だ。テーブルの母の席のところはからっぽで、椅子には行き場のなくなったチラシの束が置いてある始末だ。

「母さんはどこ行ってるの？」

「有田のおばちゃんと祇園《ぎおん》の歌舞練場《かぶれんじょう》に都をどりを観《み》に行ってるよ。晩ご飯も近くでいっしょに食べてくるってさ」

ハヤシライスを食べながら父が首を振る。

「あいつは遊び歩いてるなぁ。よくもこうちょくちょく、出かける用を見つけてこれるもんや」

「有田さんがチケット取ってくれたし、今日は都をどりの最終日だから絶対に観に行かな、らしいで」

綾香が母の口調を真似《まね》して、「そっくり」と凛が褒めた。

「私も都をどり観たかったなぁ。まだ一回も行ったことない。真っ赤な歌舞練場で、きれいな着物の芸妓《げいこ》さんや舞妓《まいこ》さんが次々出てきてお人形さんみたいに踊らはるんやろ？　私もピンクの紬《つむぎ》に若草色の帯締めて行きたかったわ」

スプーンを持ったままの綾香がうっとりした顔つきになる。

「舞妓なんてだいっきらい。塗りたくらんと淋《さび》しい顔立ちのくせして、自意識の塊みたいな奴《やつ》ばっかり。夜道で偶然見かけても絶対見いひんようにして、顔背けて歩くねん。私があんたらくらい飾りたてたら、もっと上等になるでって意味を込めて」

「羽依ちゃんて、ほんま性格悪いなぁ」

凛が感心したように呟く。

「この子は負けず嫌いなんよ、異様なレベルの。私は舞妓さんは大人しくておっとりしてる感じが、品が良くて好きやけどね」

「姉やん、当たり前やろ、どこの舞妓がしゃべりまくって本音なんか言うねん。ていうか、しゃべりまくって笑いまくってたら、もう舞妓は美人て呼ばれなくなるで。いくら顔が綺麗《きれい》でも、厚かましいとかオバサンくさいとか美人とは違う種類に分別されて終わり。神秘的な魅力が下がる。人間顔だけじゃないっていうのはほんまやで。性格が大事っていうとほんわかした人情論に聞こえるけど、もっとシビアな意味で」

「羽依ちゃんは好き放題なことを言って生きてるね」

「まあそこが、私の詰めの甘いところやね」

笑いが起こって食卓の雰囲気が明るくなり、みんなの食が進む。

「そうだ、姉やん、羽依ちゃん、植物園に薔薇を見に行かへん？　もうすぐ見ごろなんやって」

小さいころから羽依は姉と呼ばれるのをかたくなに拒否し、一つ歳下《としした》の凜にも名前をちゃん付けで呼ばせていた。だってお姉さんになんかなりたくないもん、とあくまで末っ子の座を死守したがった幼い羽依に逆らう理由もなく、凜は習慣でいまでも〝羽依ちゃん〟と呼ぶ。

「植物園？　このまえ一緒に桜見に行ったばっかりやないの。なんやあんまり興味持てへんなぁ」

スプーンを動かしながら、綾香がけげんな顔をする。

「いつ行くつもり？　私はゴールデンウィークも色々予定入ってるからなぁ」

羽依もむずかしそうな顔をする。姉たちのよろしくない反応に、凜は焦《あせ》った。

「再来週末とかどうかな、って考えてたんやけど。桜とはまた違うよ、京都府立植物園の薔薇園は見事だよ、ホームページの写真で見たけど、三百種類以上の品種が植えてあるらしいよ。近いんやし、見に行こうよ」

「再来週末はむりやわ」

「なんで？　前原さんとは会えないっぽいやん」

「いまのところは。でもまだ日にちあるし、お誘いが来るかもしれんやん？」

「羽依がボーイフレンドのために週末の予定を空けておくなんて、めずらしい。けっこうハマってるんやね」

姉の言葉に羽依は、そうでもないけど、と肩をすくめた。

「姉やんは？　週末じゃなくて休館日の火曜でもええよ」

「そのあたりは、私は四条に出ようと思ってたのよね」

図書館の職員である綾香は週休二日制で、休館日の火曜日はかならず休みだ。恋人のいない綾香は休日は大体一人か友達といっしょに、気ままに過ごしている。

「えー、四条でなにするの？」

「映画見たり、買い物したり。図書館の紙しばい告知用のポスターを手作りするんやけど、その材料をロフトで買いたいねん。ざんねん」

「父さんはさそってくれへんのか？」

横から入ってきた父の声に凜は驚いた。

「えっ、父さんと薔薇ってすごい組み合わせ……。まぁいいや、いっしょに行ってくれる？」

「ごめん、来月は毎週末しょうざんボウルで練習試合やねん」

「なんやそれ、なんで誘わせてん」

雇用延長されたものの、一応六十歳の節目を迎えた父は任される仕事が減ったのと同時に、近所のしょうざんのボウリング場へ通い始めた。父の年齢では足腰がつらいスポーツではないだろうかと凜は思ったが、同じ年代のボウラーはざらにいるらしく、シニアの会に入って度々出かけている。父はうれしそうにボウリングの球を投げるフォームをやってみせたが、本当に重い球を持てるのかと思うほど弱々しい。

父親は奥沢蛍《ほたる》という名前で、女の人の名前みたいだし蛍も弱々しく光る命短い虫で嫌だ、どうせなら男らしく奥沢繁とかの方が良かった、と家族にこぼすが、外見の雰囲気で言えば蛍がぴったりだった。しかし意外と散歩やボウリングなど、身体を動かすことが好きで、市営プールに行くと、かぼそい身体でアメンボみたいにすいすい泳ぐ。

「薔薇やなくて活躍する父さんを見に来てもええんやで」

「遠慮します。みんな、いそがしいんやなぁ」

「一人で見てきたらええやないの」

「うーん、それも味気ないなぁ」

鴨川で思いついたときは良い案に思えた薔薇園ツアーも、みんなに断られて色を失ってしまった。

「まだ二週間あるんやし、だれかいっしょに見に行く人見つかるよ」

しょげた凜に、綾香がいたわるように声をかけた。二杯目のハヤシライスを求めて父が立ち上がる。


凜は不思議な夢を見る。幼いころからくり返し何度も、同じ町で遊ぶ夢を見ている。実在しない町だ。何回も見るうちに、ここに細道があって脇《わき》にハイツがあって、通り過ぎるとすすき畑が右手に見え、公園の向こうは雑木林で、バスを乗り継いだ先の町一番の商業施設には映画館とホテルと温泉プールが入っていて……とためしに地図を描いてみたら、立派な一つの町の地図が出来上がった。現実世界では住んだことも訪れたこともない、まったく新しい町だった。

反対に一度見ただけで内容も意味不明なのに、どうしても長年忘れられない夢もある。高校生の時にうたた寝したときに見たもので、凜は夢のなかで床に置いた絵巻を横座りしながら眺めていた。絵巻には墨で〝鳥獣戯画〟のようなイラストがいくつも描いてあり、すごく昔の時代の絵本みたいにも見えたが、一つ違うのは、すべての絵が生き生きと動いていたところだ。楽しい気分で眺めていると、突然耳元でおばあさんのうめき声が聞こえ始めて、凜はなんともいえない恐ろしい気分になった。「ミユキガトオル、ミユキガ……」苦しそうにおばあさんの声が呟き、そこで目が覚めた。

よくあるとりとめのない悪夢の一つだが、凜がこの夢をどうしても忘れられないのは、ちょうどおばあさんの声が、夢と現実の境目にいるときに聞こえたからだった。つまり目覚めかけのときに耳元で囁《ささや》かれた、ほとんど現実で聞いたような恐ろしい感触が、いつまで経っても耳から抜けないのだ。起きても周りに人はいなかった、テレビも点《つ》いていなかった。

そして、ミユキガトオル……が音だけでなく、脳裏に字で見えたのも特徴的だった。

行幸が通る

もしおばあさんが幽霊の類なら深雪や幸など、生前彼女に縁のあった、もしかしたら恨みを持っているかもしれない名前が見えたはずだ。〝行幸〟は人名っぽくないし、そんな言葉が存在するのかも知らない。一応辞書で引いてみたら、〝行幸―天皇が出かけること〟とあって、ますます意味がわからなくなった。

今夜はどんな夢を見るのだろう。子どものころから使い続けている、抱きかかえるのにもちょうど良いくらいの大きな枕《まくら》を、一度叩いて形をふくらませてから、凜は寝転がった。目をつむって耳をすませば、綾香がお風呂《ふろ》上りにドライヤーを使っている音が聞こえる。ここにずっと住み続けたら、私は三十を過ぎても、四十を過ぎても〝子ども部屋〟にいることになる。飛び出すきっかけは、自分で作るしかない。

家のまえにスバルのワゴンが到着したのは八時を少し過ぎたころだった。あいにくの曇りで近江舞子《おうみまいこ》方面は雨さえ少しぱらつくとの予報だったが、須田《すだ》電子の新入社員たちはバーベキューを諦《あきら》めなかった。二階の窓の外からの遠慮がちなクラクションを聞いた羽依は、カーテン越しに車が停まっているのを確認すると、鏡のまえでの最終チェックを切り上げて、L.L.Beanの〝U〟とイニシャルの入った、大きなサイズのオリジナル・トートバッグを持ち、仕上げに柑橘系《かんきつけい》の香水を手首にふりかけようとしてやめた。みんなで同じ車に乗って目的地まで行くなか、もし香水が香りすぎたら、周りへの配慮が足らないのにお洒落《しゃれ》だけは過剰な子、と思われるかもしれない。階段を降りると玄関でパジャマ姿の凜がうろうろしている。

「あ、羽依ちゃんおはよう。なんか家のまえに知らない車が停まってるんやけど、応対した方がいいかな？」

「大丈夫よ、私の同期たちやし。みんなとバーベキューするねん」

「へえ！　鴨川でするの？」

「鴨川はバーベキュー禁止。近江舞子に行ってくる」

「えらい遠出するんやなぁ」

京都からあまり出ず、すべての用事を京都で済ませてしまうクセのついている京都人にとって、たとえ隣の県でも他県に出るとなると、遠出と感じる。

「遠ないよ。メンバーの車に乗っけてもらうから」

耳までの髪の毛先が寝ぐせで突っ立っている、すっぴんの妹を同僚に見せるわけにはいかない羽依は、ドアを開けたとき同期たちに見られないよう凜を自分の身体で遮りつつ、立ったまま靴を履いた。赤いチェックのパジャマ姿の凜はほとんど寝ぼけたまま二階から降りてきたようで、足元はスリッパも履かず裸足《はだし》のままだ。

「凜はもう一回寝てき。じゃ、いってきます」

手を振る凜に見送られて、羽依はドアを開けた。


ワゴンにはすでに他のメンバーは全員ピックアップされていて、早くも楽しい休日の気配に満ちている車内にテンション高めで迎え入れられた羽依は、空いていた助手席の後ろの席に座った。車に乗っているのは羽依をふくめて七人だが、こちらは京都組のメンバーのみの人数だ。京都駅のすぐ近くにある須田電子本社に通う社員の住む場所はさまざまで、やはり京都の人間が一番多いが、今日はほかにも大阪や滋賀在住の社員が参加することになっている。彼らは各自で来る予定なので、車で連れだっていくのは京都組だけだ。

「梅川くんが車出してくれたおかげで、ほんま助かったわ！　バーベキューの荷物も積み込めたしな。レンタカーやったら、やっぱり色々気ィ遣って、ややこしからな」

「運転もありがとう！　帰りもすんませんけどヨロシク」

口ぐちに礼を言うメンバーに応《こた》えて梅川が前を向いたまま頭を下げた。自分の車を出し行きも帰りも運転する梅川はお酒も飲めないから、みんなにお礼を言われて当然の立場だ。株を上げた彼に対してほかの男性社員たちはどう思っているのだろうと、一見屈託のなさそうな笑顔の彼らを見て羽依は考える。一歩リードされたと思うのか、それともただ単にラッキーと思っているのだろうか。

「社会人一年目でよくスバルのエクシーガなんて持ってるよな。ファミリー用やん、これ」

梅川に話しかけた助手席の前原が無駄に良い声をしていて、羽依はいらだち血が煮えた。研修で新入社員と距離を縮めて以来、本来新入社員のみのはずのイベントに毎度呼ばれるようになった前原は、当然のように参加して微妙に先輩風を吹かせる。

「えっ、梅川ってもう家族持ちやったん？　どうりで落ち着いてると思った」

「極秘で結婚してたんかい！　おれには報告してくれよ」

前原の言葉に追従してほかの社員も梅川既婚説を飛ばし、車内が一気に盛り上がる。当の梅川は片方の手でハンドルをにぎったまま、もう片方の手をひらひらと横に振り、ちがうちがう、とサインを出した。釣りで、仲間と行くために、と言っているのが聞こえる。

「釣りのためにこんな良い車買うのか、あやしいぞ。あ、釣るもんって魚じゃなくもしかして……女？」

前原の言葉にわざとらしいくらいの大きな笑いが車内にはじけた。普通なら全然おもしろくない発言なのだけど、前原が整った男前の顔で自信満々に飛ばすからこそ成り立つ。なにいっちょまえに新人いじっとんねん、アホか、と思いつつも羽依はほかの社員と同様に笑顔を向ける。めろめろの振りをして押し続けて急に引く、とこのまえ決めたからだ。

新入社員にとって、ようやく入社できた会社で働く上司たちは憧れの存在として映る。同時にどれだけ敬えば、気を遣えばいいか分からない相手でもある。前原はその心理をうまく利用して、ほかの上司たちとは違い、新入社員たちに分かりやすい距離感を明示した。頼れるし冗談も言い合える上司でありつつも、仕事のこととなると真剣さと敬意をもって接すべき上司だと、直接言わずとも会話の節々で明確なラインを引いた。

前原と接するときは前原ワールドの掟《おきて》に従えば、むだに気を遣わずに済むので、新入社員たちも彼とは話しやすかった。また、前原は自分が会社に必要とされていると思わせるのも上手だった。いるよなぁ、年下の理想像のふりするのだけが上手《うま》い、爽やかでデキるお兄さんを演じてるタイプの男って。と、まんまと引っかかっていた羽依は今さらになって思う。前原さんみたいな社会人になりたいよね、と興奮気味に同期たちと語り合った夜などもう忘れている。付き合ってすぐに放置されたことで、自分はモテると自覚してきた羽依のプライドは傷つき、代わりに前原の技巧的な人付き合いが鼻につくようになった。

結局会社も大学のサークルと構造はあまり変わらない、と楽しすぎて結局は留年の原因になるほど入れ込んだオールラウンドサークルを羽依は思い出した。口のよく回るハッタリ上手が上位に君臨していて、その他大勢は軽薄なミーハーだ。しかし捨てたものじゃないところもある。そんな表面的な権力争いとは関係なく、本人の実力への審査は水面下で日々行われて、本当に優秀な人間がゆっくりと頭角を現し始める。長い時間をかけてハッタリだけの人間は淘汰《とうた》されてゆく。

羽依の後ろの席に座っている女子社員二人はすでに持ってきたお菓子を開けて、羽依のところにもポッキーが回ってきた。同期といってもつい最近まで他人だった身、女の子たちは隣り合って座ったもののあまり会話が弾まず気づまりで、お菓子を取り出してきたのだろう。ポッキーをもらったほかの男子社員たちが礼は言うもののあまり嬉《うれ》しそうではなかったので、羽依は自分のお菓子はもう少しあとに出そうと決めた。

「おいしいよね、これ。修学旅行を思い出すわぁ。寝てる間に鼻に詰められてた男子とかいたよね」

後ろへふり向いた羽依が笑顔で話しかけると、女子社員たちはうれしそうな笑顔を向けた。誰とでも如才なく会話を弾ませられる羽依は、密室空間にとりあえず会話が必要なときに重宝される。

近江舞子の天気は予報通り芳《かんば》しくなかったが、さいわい空は持ちこたえていて、須田電子のメンバーはさっそくバーベキューの準備にとりかかった。ひさしぶりの琵琶湖とブラウンシュガー色の浜辺に、羽依は胸をぎゅっとつかまれた。幼いころ何度となく〝海水浴〟のために出かけたのが、この琵琶湖だった。まだ本物の海を見たことが無かった娘たちに両親は「これが海や」と琵琶湖を指さして信じ込ませた。

「ほら、波が立ってるやろ。ざぶん、ざぶうんって。泳いできてええよ」

琵琶湖にはじっさい波が寄せては返して、波の表面には日焼け止めなのか、正体不明のオイルが浮いていた。浮き輪を腰にはめて歓声を上げながら〝海〟に飛び込んだ羽依は、海の水ってしょっぱいって聞いたけど、そうでもないんだなと思いながら、姉と水のかけあいっこをして遊んだ。あまりに長く〝海〟に浸かっていたせいで、遊んだ日の夜はベッドに入っても、目を閉じるとまだ波に揺られている感覚が残っていた。

初めて本物の海を見たのは中学生のときに親戚《しんせき》との旅行で行った志摩の御座《ござ》白浜《しらはま》で、海と言われ続けていた琵琶湖とのスケールの違いに愕然《がくぜん》とした。当然すでに琵琶湖が海ではなく巨大な湖だとそのころまでには知っていたが、どこまでも続く水平線に白波の迫力、海水の透明度、いままで私が海と思ってきたものはなんやったんやと、羽依には親を恨む気持ちさえわき起こった。

しかし大学生になってから、旅行で沖縄やハワイなどの澄んだロイヤルブルーの海を見る機会を得たあと、改めて私にとっては海といえば琵琶湖なんやな、とひさしぶりに琵琶湖を目の前にして羽依は感じた。海だ、海だ！　と裸足で砂浜を全速力で駆けていった幼少のころの思い出は、それが湖だと知ったいまでも決して色あせない。おだやかな水面に浮き輪でぽっかりと浮いていた、大切な思い出。

あかん、こんなとこでぼーっとしてたら出遅れる。琵琶湖をしばらく眺めていた羽依は後ろをふり返り、バーベキューの準備に加わった。バーベキュー前半はみんな自分が有能なところを見せようと張り切っているので、うかうかしてたら役目がなにも無く手持ちぶさたな状態に追い込まれる。だけど前半の用意は張り切り過ぎず、野菜を切る、米をとぐなどの花形役割を狙おうとせず、あくまでとりあえずやってる程度に働き、食事が済んで皆にお酒がまわって好き勝手にダレ始めるころに後片付けなどあんまり誰もしたがらない仕事を引き受ける、というのが羽依の今日のプランだ。

友達同士のバーベキューならそこまで気を遣わないが、仕事関係の集まりとなると、こういった遊びの行事での動き方が日頃の会社での評価に関わってくる。いかにも気の利《き》く女の子風に派手に立ち回るのは大学生までで、社会人になったのだから目立つよりも視野が広く本当に気の利く女性風に見せたい。地味すぎて味気なく見えるゴミ捨てなどの役割も、きっと見る人は見てくれている。

「あ、私ちゃちゃっとやっちゃう。まかして！」

おとなしい女性社員二人が、だれが切る？　と遠慮し合って包丁を押しつけあっているなかに、露出度の高い服装の関が一人割り込んで、包丁をうばい、にんじんを切り出した。意外に女らしい手つきで小気味良く切っていくので、前原が、

「おっ、慣れてるね。家でも作ってる奴の手つきや」

と声をかけて、彼女が「そんなことないですよ〜」と、うれしそうにする。皮むき器を手にしてじゃがいもの皮を剝《む》いていた羽依は、二人の方に一度も視線は遣らなかったが、もちろんセンサーは働かせていた。アホやないの、呆《あき》れる。でも関もあそこまでアピールが分かりやすいと、いっそ清々《すがすが》しいわ。前原さんを狙ってるみたいやな。

大阪在住組の関が砂浜に、ホットパンツと七分袖《そで》のボタンダウンシャツで現れたとき、単純な男性社員たちは「おーっ」と声を上げた。太ももの真ん中よりもさらに短い丈のデニムパンツ、スラリと伸びた太ももに引き締まった足首、まったく砂浜にふさわしくない厚底のサンダル、つばの広い白の女優帽。ここまで臆面《おくめん》もなく目立たれるとほかの女子社員たちも無視できず「スタイル良いね〜」と褒めるしかなかった。一応は「おーっ」と歓声を上げた男性社員たちだけど、中には引いている人間も少なくないだろう。しかし「関さん、蚊に足刺されるで」などと言ってくる先輩女子社員がいない場で、思いきった格好をした彼女は作戦勝ちで、バーベキューに華やかさと

活気を添えていた。家族のなかでは自分を隠さず思いきりかまってほしげにふるまう羽依でも、外では分別のある態度を取っていたが、やっぱり自分より目立つ女性がそばにいるのはくやしかった。コットンパンツに足首まで包まれている自分の足のほうが、脚線美は関に勝るという自信がある分、いっそ水着にでもなって琵琶湖に飛び込んでしまいたい。

関は華麗な野菜切りのあと、菜箸《さいばし》で網の上に肉を広げて、油はねにきゃあきゃあ言いながら、焼けたらすぐ男性社員の皿に牛肉やウィンナーを放り込んで、肉好きの彼らから感謝されていた。もちろん前原にはさりげなく一番たくさん肉を与えていた。彼女の活躍のせいで、女性社員のなかには結局何も手伝えず、手持ちぶさたに突っ立って、出来たものを食べるだけの子が出てきて、男性社員に「ラクできてラッキーやな」と冷やかされていた。この子は仕事もみんなに任せてサボるタイプかもしれない、というイメージの烙印《らくいん》を押されそうな彼女は苦笑いで紙皿にのったもやしをゆっくり食べていたが、彼女の方が本当は気が利いて、文句も言わず地味な仕事もするタイプだと、他の女性社員たちも気づいているようだった。

男性の方はというと、車の運転をした梅川が「おつかれさまっす。まあまあ、ゆっくり休んでて」などと言われて、お酒が飲めないからカルピスウォーターを手渡されてただただ座らされて孤立していた。もうお前に見せ場は作らせないという空気に満ちていて、男社会もこわいな、と羽依は思った。

同期のメンバーとは以前ボウリング場に行ったこともあるが、そのときの男性社員たちのバチバチもすごくて、みんな表面上はただのボウリングだというふうに装《よそお》っていたが、本心はちっともただの遊びじゃないというのが伝わってきた。ある男性社員は自慢の美人の彼女を連れてきて、自分のプレイに黄色い声援を浴びていたし、グループ対抗で点数を争ったときは、まるでスコアが営業成績を示しているかのように順位争いに必死になっていた。女性社員たちは男同士の意地の張り合いにまったく気づいていないふりをして、のんびりした態度や笑い声で場の殺気をうまく和らげる役割を担《にな》っていた。

バーベキューの火が弱くなり、男性たちが苦心しているところで前原がさっそうと登場して、積んである木の位置を微妙に変えて空気の通りを良くして、たちまち炎を燃え上がらせた。女性社員たちの歓声を浴びる前原に対し、羽依は心のなかで再び毒づく。そうやっていつも手柄を一人占めしようとするから、同期や上司からは嫌われてるんやん。心がまだ比較的きれいな新入社員からは素直な尊敬を勝ち取れて良かったなぁ。せいぜい得意がっとき。

前原は近江舞子に着いてから本当にさりげなく、ほかの社員たちの目を盗んで羽依と目を合わせてきて、羽依は前からのくせで浮かれてしまわないよう気をつけながら、かつ未《いま》だにあなたが大好きだという演技もこめて彼を見返した。前原の機嫌が上々なのは、ときどき吹く澄んだ口笛の音色でよく分かった。

かつては前原の人気者にしては濃すぎる影とのアンバランスさに惹《ひ》かれていた。オンとオフを使い分けてる人っていじらしい。疲れきってるのに人と話すときは、いつもテンションの高い隙《すき》のない自分を用意して相手に楽しんでもらいたいため、無理やりスイッチをいれて盛り上げる。

前原と話すとき、ときどきまだ彼のエンジンがかかりきっていないときがあって、その場合魂の抜けきった目をした、糸の切れたマリオネットみたいに表情筋が下がったままの彼と話すことになる。口調だけは軽快さを失っていなくて、最近どうとか今日の服ええやんとか細かい話から始めて、次第にエンジンがかかってくる。本人は自分はいつも同じように振る舞っている、誰にも疲れや倦怠《けんたい》に気づかれていない、と信じきっている様子なのもまたいじらしい。

前原の複雑な一面に惹かれるのは、自分にも似た面があるからだと薄々気づいていた。この戦争も無い平和な今の日本で、なぜか闘い続けている人間がいる。共通の特徹は鷹《たか》に似た目つきで、怒ると血は燃えるほど熱く、勝つためには驚くほど薄情だ。前原ほどでないにしても、自分も同じ種類だと気づいていた。その闘志がときにカリスマ性と勘違いされやすいことも、だから知っている。

すぐに表面が焼け焦《こ》げてしまう肉や野菜を急いで食べつつチューハイやビールの缶を開けるのは、やはり気持ちが良かった。ちょうど晴れ間がのぞいてきて、まるで自分たちが太陽を呼んできたかのように、社員たちは歓声を上げる。飲みすぎて大学サークルのノリで半ケツを出した男子社員が度重なるクレームを受けて自分の尻《しり》をしまったあと、みんなばらばらに好きな人と話し始めた。すだちサワーが良い具合に回った羽依はしばし計算で動くのを中断して、同じように酔っぱらった仲間たちとのよもやま話に興じた。酒が進むにつれて仕事の話に移行しているグループが一番多く、会社が好きだからこそおかしいなと感じた点、オレが直していきたいと思った不毛な点について男性社員たちが口ぐちに熱心に意見を述べていた。羽依には彼らが、仕事へのやる気がみなぎっているが故《ゆえ》に熱い優秀な新人の男性社員たちには見えず、どちらかというと将来中年になってから会社への不満を肴《さかな》に居酒屋でくだを巻きそうなめんどくさい社員の予備軍に見えた。

弁当箱のパセリのように、彼らの間にときどき挟まれた数の少ない女子社員たちは、自分たちの役割をちゃんと心得て真剣な瞳《ひとみ》でうなずきながら話を聞いているが、彼女たちも何年か経《た》てば馬鹿《ばか》らしくなって、辛気くさい話やめーや、と言い出すおばちゃん社員になるだろう。

「なんでなんすかね。おれ、最近夜寝てると足が攣《つ》るんすよ」

同期なのになぜか敬語でしゃべり続ける男性社員の話に、思わず苦笑いする。でも仕事の話よりもぼんやり酔いながら聞ける分楽しいので、羽依はほかの数人といっしょに彼の健康状態について耳を傾けた。

「水か栄養素が足りてないんじゃないの？　もしくは疲れとかストレスとか。あとは妊娠してるとか？　妊婦って足が攣りやすいらしいよ」

「妊娠はないっすよ。ううーん、疲れかなぁ」

「おれはあのとき攣るな」

「あのときって何スか」

「だからさあ、体重が足元に乗っちゃう体勢のとき、気が付けばビーンって。あはっ、あはってごまかして笑いながら続行するんだけど〝どうしたん？〟なんて言われちゃって」

「だからあのときって、いつッスか」

下ネタに移行しそうな男性社員二人の会話に笑っていると、視界の端に琵琶湖のほとりに二人きりで佇《たたず》む前原と関の姿が見えた。二人とも缶ビール片手に笑顔で、関は湖水に裸足を浸けている。リボンをほどいた厚底サンダルが少し離れた砂浜に転がっている。新入社員同士であの状況ならすぐに「はい、ツーショ禁止〜！」と邪魔が入るはずだが、前原相手にはみんな突っ込みにくいのだろう、見て見ぬふりだ。一向に周りを気にしていない関は屈託のない笑顔を前原に向けて、まるで爽快《そうかい》なビールのCMにでも出演しているかのような素振りだ。私が立てば琵琶湖もカリブ海のビーチやで、と言わんばかりだ。

嫉妬《しっと》よりさきに、つい先日同じように前原に目をかけてもらったのがうれしくて舞い上がり、付き合う約束までしてしまった自分が瞬時に思い出されて、のた打ち回りたくなった。どうして女の子って、というか私って、めぼしい男性からの評価にこんなにも弱いのだろう。めぼしい、といってもお山の大将、井の中の蛙《かわず》に見初められただけなのに。新人研修のとき、頬を紅潮させて前原としゃべっていた自分を見て、ほかの社員たちはいまの関を見る私の心境になったに違いない。

また、見えすいたやり方で嫉妬をあおってくる前原にも興ざめだった。ナンパするタイプではないのに、ときどき、妙に積極的にこちらに大胆な視線を送ってきたり、気軽に話しかけてきたりする男がいる。こちらも愛想よく返事していると、凍りついた鬼の笑顔の彼女もしくは妻が彼の隣に寄ってきて、羽依に丁寧に挨拶《あいさつ》してくる。そのたびに羽依は舌打ちしたくなる。また当て馬にされた、と。

ツレに嫉妬させるために寄ってくる男の共通点は、普段はプライドが高くて、絶対女に気軽に声をかけたり視線を送ったりしないところ。前原もこれに当てはまる。一人でいるときにめぼしい女性に自分からいくのは、つれなくされると傷つくし、不審者と思われるのは恐いしで、しない。だけど、他の女性に話しかけたというだけで嫉妬してくれる自分の彼女が側にいれば、プライドは保てる。お母さんが常に自分を見守っていて、やり過ぎると叱《しか》られるのも知っていて、あえて遠くへ離れてみたり、いたずらを続ける子どもの行動に似ている。

正確に言えば、今日は当て馬にされたのではなく、馬を当てられる側の役割を振られたわけだが、情けない気持ちに変わりはなかった。

バーベキューの網の上には最後まで食べられなかった生焼けのとうもろこしの切ったのが残っている。片面は焼きすぎて炭化しているのに、もう片面はほとんど生のまま。ほかにも人気のないキャベツやニンジンなどが点在して、あんなものを片付けていたら、負け組認定されるのではないかと羽依は焦り出した。当初のプランだとちょうど今ぐらいの時間から、さりげなく後片付けを始める予定だった。しかし皆まだ飲むかしゃべるかしていて、ちっとも腰を上げる気配はない。意外なほど食べるまでの準備に時間がかかったから、終了時間を考えるともう片付けを始めないと間に合わなくなりそうだが、皆からすればやっと自由な時間が始まったという感覚なのだろう。

まだくつろいでいる最中に片付け始めたら、空気の読めない奴と思われたり、なんだかオバサンくさいと評価を下されかねない。では片付けなど忘れて再び会話に加わろうと思っても、前原と関の光景を見た途端、お酒の力を借りた楽しい気分はすっかり吹き飛んでいて、高いテンションに戻るのは無理そうだった。結局色んなことを気にしすぎて、ほとんどバーベキューを楽しめなかった。

羽依は皆に聞こえないようにため息をついたあと、立ち上がって網の上の燃えかすをトングで取り、ゴミ袋に入れる作業を開始した。網にこびりついた焼けこげを取ろうと苦心していると、カルピスウォーターからお〜いお茶に飲み物を切り替えた梅川が寄ってきた。

「やろうか」

トングを渡すと梅川は網を押さえながら強い力で焼けこげを剝《は》がし、ゴミ袋に捨てる。トングを返してもらい、とうもろこしを掴《つか》んだところで羽依は躊躇《ちゅうちょ》した。

「どうしたん」

「これ食べれるのに、もったいないなと思って」

呟《つぶや》いてから恥ずかしさで顔が熱くなった。バーベキューで具材が余るなんて当然のことなのに、なに貧乏くさいこと呟いてんねん。やっぱり捨てよ、と羽依がとうもろこしをゴミ袋へ移動しようとすると、「待ってて」と梅川が止め、バーナーを持ってきてとうもろこしの焼けていない面を炎であぶった。

「いいね、醬油《しょうゆ》も垂らそっと」

羽依が醬油をかけると梅川が再度バーナーであぶり、香ばしい匂《にお》いが網の上から立ちのぼった。

「ハイ」

渡されたとうもろこしをかじると、焼いてもらった面が屋台で食べるとうもろこしの味になっていて、甘みがありジューシーでけっこう美味《おい》しかった。

「さっき琵琶湖じっと見てたね」

「あ、そやねん」

自分の行動を見てた人がいるとは、と羽依が驚いたのを察して、梅川が付け加えた。

「おれ手持ちぶさたで暇やったから、みんなのことぼーっと見てて。奥沢さん、琵琶湖好きなんかなと思って」

「私、子どものころに琵琶湖を海と教えられて育ったから、それ思い出してた。よく海って信じてたなと思って」

「琵琶湖は海より良いよ」

梅川の断言に羽依がふきだす。

「なんで言い切れるの」

「近江舞子だと海みたいに見えるし、湖西のもっと奥はいかにも湖水ならではの透明度の高い水質に出会える。高校のころ、よく釣りのために友達と琵琶湖を自転車で一周してたから、おれは琵琶湖の良さをよく知ってんねん」

「琵琶湖って魚釣れるの？」

「ブラックバスが多いけど、コアユやビワマス、ワカサギも釣れる。食べるとおいしいで。まあ釣りよりもキャンプがメインやったな」

はい、ツーショ禁止～！　と酔った男性社員たちが割り込んできて、羽依はとうもろこしを食べながら笑う。自然に後片付けの流れになり、羽依はぱんぱんになったゴミ袋を二つ、集積場に運んだが、もう人の目は気にならなかった。

むーすーんーで、ひーらーいーて。てーをーうって、むーすんで。

開け放しの図書館の窓から、裏の幼稚園の園児の歌声が響いてくる。返却された本を所定の位置に戻していた綾香は一瞬めまいがしたが、すぐ立ち直って膝《ひざ》を折り、低い位置の棚に本を差した。図書館には開館時間と同時に利用客がやってくる。平日の午前中は新聞目当てにやってくる高齢者の数がもっとも多いが、ほかにも小さな子ども連れの母親や中年の人たちもよく見かける。

本を戻し終わり受付に帰るまでに、綾香は走っていた子どもに注意し、雑にしまわれて皺《しわ》の寄っている新聞紙を元に戻した。本当は閲覧席でなにか食べながら週刊誌を読んでいる高齢者にも館内は飲食禁止ですと注意したかったが、ときどき気難しい老人がいて逆にこちらが叱られたりするので、気づかないふりをして通り過ぎる。子どものマナー違反のほうがなんの逡巡《しゅんじゅん》もなく注意できる分、よっぽど気楽だ。

「暑いからなんとかしてってって要望きたわ。クーラーつけよか」

受付の同僚の言葉に綾香はほっとして、ハイとうなずき、窓を閉めに行く。幼稚園から聞こえる可愛《かわい》らしい歌声はシャットアウトされ、天井の吹き出しからクーラーの冷たい風が流れ込んできた。夏になったとはいえ朝方は涼しい日が続いていたので、節電のため午前はクーラーを控えよう、という手はずになっていたのだが、確かに今日は太陽が猛烈に元気になってきて、まだ十一時といえどかなり暑かった。しかし綾香がほっとしたのは涼しい環境で働けることになったからではない。小さな子どもの声が聞こえなくなったからだ。

図書館に勤め始めたころはもちろん幼稚園からの喧騒《けんそう》をうるさいと思わなかったし、むしろ無邪気な可愛い声が聞けてうれしいと思っていた。しかし最近は園児たちのはじける、天使としか表現できないお腹《なか》の底からの笑い声を聞く度に胸がきしむ。図書館にもベビーカーに乗った赤ちゃんやようやく歩けるようになったくらいの幼児がくると、以前は目を細めていたのに、最近では避けるように歩く。成長して小学生くらいになった子どもは平気だ。

朝、空気の入れ替えのために閲覧スペース前の窓を開き、裏の幼稚園の園児たちの笑いさざめく声が、ワッと図書館へ流れ込んでくると、胸が苦しくなり耳を塞《ふさ》ぎたくなった。子どもを作らなきゃ、でもその前に結婚しなきゃ、と焦りが極限に達して、次第に引いてゆく。ものの十秒ほどの心の動きだ、でも毎朝かならずやって来るとなると、多大なストレスだ。

三十一歳。着々とタイムリミットが迫っている。他人の可愛い子どもを見るたび、自分はいつ産めるのかな、と心配になってきた。のんびり屋の綾香は二十七歳のときに大学生のときから付き合っていた人と別れて以来、シングルとして穏やかに日々を送っていたのだが、三十を過ぎたあたりから急に不安になってきた。自分から特になにも動かなくても、どこかしらで良い出会いがあり、いつか結婚するのだろうと思っていたが、一向にだれかと出会い恋愛する気配がない。図書館には毎日さまざまな京都在住の人々が引っきりなしに訪れるのに、だれと親密になるわけでもない。実家と職場の往復、たまにいつもの友達と遊んだり一人で目当てのスポットに出かける生活を続けていると、だれかと出会えるチャンスを見つけるのは難しいと、綾香は徐々に気づいてきた。

気づいたからといって、どう動けばいいのか分からない。町を歩くカップルを見てもなんら焦らなかった綾香だが、愛らしい幼い子どもの姿や笑い声には動揺した。昔はほとんど聞かなかったが、最近は高齢出産のリスクについての報道が目立つ。年齢が進むにつれて落ちる出生率、母子への危険、三十を過ぎるまであまり深く考えていなかった綾香だが、報道にあおられて調べているうちに顔面蒼白《そうはく》になった。妊娠出産に関する本は図書館に山ほどあったが、職場でその関連の本を読むのは恥ずかしいので、市内の別の図書館まで出向き、借りられるだけ借りてむさぼり読んだ。結果、夜もよく眠れないほど焦る日々が続いた。彼氏はいらないけど、子どもは欲しい。

京都の男女の結婚年齢が、平均とくらべて高いのか低いのか綾香は知らなかったが、少なくとも自分の周りの同年代はもう結婚している子の方が多かった。もちろんまだ独身の友達もいたが、もうすぐ結婚しそうな恋人がいたりする。京都市が婚活パーティをみやこめっせなどで、もしくは鉄道会社が電車内で開いたりしているのを、ちらしやポスターなどで見て知っているが、どうも申し込む勇気がわかない。普段町や地下鉄に貼《は》り出されているポスターやフリーペーパーを立ち止まってよく眺めるくせのある綾香は、市が男女の出会いの場を作ることに熱心になりだしたのに気付いている。特に市主催のパーティは人気があり、申込者が殺到して、締切よりもまえに募集が終わったり、抽選になったりしているのを見かける。良い出会いがあるなら行ってみたいけど、知り合いが参加していたら恥ずかしい。それに誰を誘って行けばいいかも分からない。一人で行く勇気もないし。

新装開店のパン屋さんのドアなら一秒も迷わずに開いてカウベルを鳴らすことがで

きるのに、婚活パーティとなると申し込む勇気さえない自分が、綾香は腹立たしかった。しかも綾香が実は焦っていると友達だけではなく、家族さえも全然気づいていないので、お見合いの話やだれかを紹介してもらえる機会も無さそうだった。

「五冊ですね。返却期限は七月二十九日です」

新刊をいち早く予約して借りてゆく図書館をうまく利用している女性が、バーコードの読み込みが終わった本を手提げ袋にしまってゆく。目鼻立ちの小さい薄い顔立ちにショートカットの髪、細いボーダーのTシャツを着て左手にはシンプルな結婚指輪をはめていた。こんな大人しそうに見える女性にも結婚のチャンスがあったんだなと思うと、彼女と自分のなにが一体違うのか、綾香はつい考えてしまう。

まっすぐ帰るつもりだったのが、実家の最寄《もより》のバス停に差しかかっても、一度座った腰が上がらず、バスは四条方面へと向かってゆく。なぜ私は家のことを実家と呼ぶのだろう、実の家もなにも他に家は無くて、一人暮らしさえしたことなくて、生まれてからずっと同じところに住んでいるのに。そんな考えが頭をかすめて、いつもと変わらないバス停前の風景が苦く見えて、降りられなかった。

同じバスの車内に三組も浴衣《ゆかた》の女の子たちがいたのも原因かもしれない。今日は祇園祭の宵山の二日目だ。七月の初めから祇園囃子《ばやし》の稽古《けいこ》が始まったり、山鉾《やまほこ》を蔵から出して組み立てたりの行事があるが、やはりメインは宵山で市内外からたくさんの客が集まる。毎年宵山の直前まで天気が悪く、今年こそは雨で中止かと囁《ささや》かれつつも、宵山の夜になると祇園祭の中心である四条通は雨が引き、蒸し暑い空気だけが残るのは宵山マジックだろう。

バスのなかから見る堀川通は、夕方になったいまでも陽炎《かげろう》が立ちそうなほどの熱気にゆらめいている。歩道に影の少ない町、京都。高い建物が条例で建てられないため、また碁盤の目状の道の構図も関係しているのか、町を歩く人々は日傘で自分のための影を作らなくては逃げ場がないほど、日光にさらされている。日傘も帽子もない人は、ときどき民家の垣根の作る影や歩道に植えた木の影を見つけては、雨の日に傘を持ってき忘れたときみたいに右へ左へ移動している。

「これから先は祇園祭開催による渋滞が続きます。お急ぎの方はこちらでお降りください」

渋滞がはじまったので、四条からまだまだ遠い場所でバスを降り、綾香はため息をつきながらも四条通まで歩く決意をかためる。観光客らしい浴衣姿の女の子二人組はバスが途中で進まなくなるとは思わなかったらしく、どうしよう、タクシーに乗ろうか、などと相談している。タクシーに乗ったところで渋滞はつづきますよ、とアドバイスしたくなったが、浴衣の下駄《げた》がどれだけ歩きにくいか知っている身としては、女の子たちに長い距離の歩行は勧められない。

四条目指して足早に歩いていると、綾香の額には汗がにじみ始めた。今年は行かないと決めていたのに、なぜいま私はたった一人で祇園祭を目指しているんだろう。祇園祭はだれか連れといっしょに行ってこそ楽しいものだ、京都市民は大体七月初めごろからだれといっしょに行くかあたりをつけていて、運悪くあぶれたら大人しく家に引きこもる。

綾香が一番最近に祇園祭の宵山へ出かけたのは一昨年、高校のころの女友達四人で集まり、「二十代最後の浴衣やね」と言いながら、紺地に紫陽花《あじさい》模様の浴衣に袖を通した。子どものころや学生時代はとりあえず祇園祭に出向くものの、たくさんの人出に圧倒されて、人の流れのまま四条通を練り歩き、出店で何品か買って食べて、十時ごろにぐったり疲れて帰宅、というパターンが多かった。

祭りを眺め終わり帰る直前に、仲間うちの二人が近いうちの結婚を発表し、綾香は歓声を上げて祝福したが、初めて焦《あせ》る気持ちが小さいウサギが片耳をぴょこっと立ち上げたみたいに姿を現した。あのとき手のひらに乗るくらいの大きさだったウサギは、いまや巨大化して魔神のように青黒いでっぷりした容姿になり、もがく綾香を尻の下に敷いている。

油小路《あぶらのこうじ》通に入り、まっすぐ進んでそのまま四条通に出れば良かったものの、大通りに出る勇気がなく、左に曲がって六角通に入ったりして時間を稼いだ。祭りを一人で楽しむのは難易度が高そうなのはもちろん、知り合いに会うリスクも高い。なにしろ京都ではたくさんの人ごみを見ると「なんや、今日は祇園祭か？」と言って驚くのがお決まりみたいになっているほど、町の人々がこぞってやってくる。一人でコンコンチキチンの囃子の音が響くなかをさまよっている姿を知り合いに見られたくない。

呉服問屋の店先では二千円や三千円の激安浴衣を売っていて、たくさんの女性が群がっている。ハンガーにかかった浴衣を手に取る人たちはおそらく今年の夏のこれからの祭りを頭に思い描いているのだろう。祇園祭は京都最大の祭りだが一番の盛り上がりの宵山は七月中旬と、他の神社の祭りや花火大会より早い。祇園祭が終わると観光客はぐっと減って、賑《にぎ》わいを見せた四条通も人けが減り、町じゅうが真夏の太陽に照らされて盆地特有の地獄のかまゆでの暑さが始まるが、唯一《ゆいいつ》の楽しみは残っている祭りで、京都市民は熱中症になりそうになりながらも浴衣を着て宇治川の花火大会などに行く。

いったい三千円以下の浴衣とはどんなものかと綾香は立ち止まって、少し遠くからハンガーに並ぶ浴衣を目を細めて眺めた。やっぱりとても安っぽく、綾香が母親から譲り受け、毎年大切に着ている藍染《あいぞ》めの浴衣と博多帯とは比べものにならないが、パステルカラーの浴衣があったりで若い人たちが惹かれるのもよく分かる。

京都は商売が上手くなった。綾香はここ十年くらいの間にしみじみ感じている。しかも年々腕が上がっている。綾香が高校生くらいの頃は、京都のお土産といえば八つ橋などの伝統菓子か漬物、着物柄の和紙を貼りつけた手鏡やつまようじ入れ、新撰組《しんせんぐみ》のはっぴくらいしか無かった。しかし今では新しい和小物の雑貨店が通り沿いに建ち並び、手ぬぐい、巾着《きんちゃく》、あぶら取り紙、そして浴衣など、和テイストを見慣れた綾香でも思わず立ち止まってしまう、和の伝統と今っぽさを織り交ぜた京の雑貨が増えた。

食品も元から名産だった七味唐辛子や山椒《さんしょう》のバリエーションが数えきれないほど増えた。夏になるとメニューに並ぶかき氷の種類も豊富になり、値段もさまざま、明らかに観光客狙いであるものの、綾香のような地元民も恩恵にあずかって、色んなお店の抹茶かき氷を食べ歩いたりする。昔ながらの町家をカフェやレストランにしたお店も好きで、むき出しの梁《はり》を見ながらトマトパスタを食べたりしていると、地元の人間には無かった発想だ、京都を住む場所としてではなく、もっと夢のある歴史深い場所として捉《とら》えられる人の視点だと思ったりする。

ついに四条通に出た綾香は、ぞろぞろと歩く人の多さにいつもながら圧倒された。山鉾や囃子の演奏など見どころ盛りだくさんの宵山だが、なによりもたくさん見られるのは人だ。人、人、人。祇園祭に来てみたもののなにをすれば良いかいまいち分からず、とりあえず人の流れに乗って四条通を練り歩く彼らは、コンコンチキチンの囃子の音の洪水にまみれて、熱に浮かされている。現代の京都の百鬼夜行は、この祇園祭の行列だ。夕暮れになってもなお、たくさんの人の熱気と昼間の太陽の熱がまだ地面に残っていてアスファルトが熱い。祇園祭は疫病《えきびょう》退散を祈願して始まったと小学校の授業で学んだが、こんな蒸し暑いなか人が集まっては、逆に疫病が流行《はや》りそうな気さえする。

いつもは車の行きから大通りの真ん中を歩いていると、それだけで気持ちが良い。なんてまっすぐな道なんだろう。通りは河原町を経て四条大橋を越え、八坂神社まで京都一番の繁華街を貫いて続いている。ポケットの携帯が震え、祇園祭を見終えてもう家に帰ってきたという父と母からのメールが、浴衣姿のツーショットの画像と共に送られてきて苦笑いする。仲の良い両親の姿を見ても軽く嫉妬する自分は相当な末期状態にある。すべての邪念がこの祇園祭のざわめきと蒸し暑さのなかで、汗といっしょに夜空へ向かって蒸発すれば良いのに。

「綾香？　綾香やない？」

空を見上げて歩いていると不意に話しかけられ、ぎくっとして足が止まった。反対方向から歩いてきた男女二人組がこちらを指差しながら近寄ってくる。最初だれか分からなかったが、ちょっとずつ顔のピントが合ってきて、あっと声を上げた。中学時代の友達の苗場ちゃんだ。男の方はだれか分からない。

「めっちゃひさしぶり！　なんか見たことある顔やなと思って、よく見たら綾香やった！　なぁ、私のこと覚えてる？」

「もちろんやん、苗場ちゃんひさしぶり！　中学のとき以来やなぁ、会うの。元気やった？」

「元気元気、いや〜全然変わらへんな、見てすぐ分かったわ」

「おれのことは覚えてる？」

連れの男性がぬっと顔を出してきた。

「えーと、見たことあるような、ないような……。すみません、ちょっと思い出せなくて」

「なんでやねん！　樋口やん！」

「ああ、樋口くんか！　なんや見覚えはあるなとは思ってたてんけど、すっかり大人になってたせいで確信が持てへんかってん」

男性のツッコミに合わせて綾香は分かったふりをしたが、正直まだよく思い出せなかった。苗場ちゃんの説明でようやく記憶の扉が開く。樋口くんは同じクラスになったことはないが中学の同窓生で、苗場ちゃんのすぐ近所に住んでいた男の子だった。苗場ちゃんの家に遊びに行ったときに見かけて、挨拶したことが一度ある。体育祭で応援団の一人として活躍していた姿を、なんとかおぼろげに思い出せた。

「懐《なつ》かしいねぇ、近いとこに住んでるけどなかなか会う機会無いもんねぇ。綾香は今日はどうしたん？」

「私は、来るつもりなかったんやけど、仕事帰りにちょっと寄ってみてん。で、やっぱりすごい人の量やなぁって、びっくりしててん」

綾香の職場はちょっと帰り際に寄るにしてはだいぶ離れたところにあるが、もちろん二人はそんなことは知らなかった。

「そっか、私らもちょっと冷やかしにきて、晩ご飯でも食べて帰ろうって思ってたところ。これから予約してた店行くねんけど、よかったら一緒にどう？」

「そんなん、私おじゃまやない？」

「ぜんぜん！　私ら家が近くてくされ縁でときどきいっしょに出かけるけど、たいてい暇やったな〜言うて帰るだけやねん。もし時間あったら、居酒屋みたいな店やけどいっしょにどうぞ」

「せっかくやし積もる話でもしようや」

積もる話あるかな〜？　と樋口くんに笑顔で返しながら、気がつけば頷《うなず》いていた。

「うん、私もこのまま帰るのは味気ないと思ってたとこやし、ちょうどええわ。いっしょに連れて行って」

くされ縁、と言いながらもデートの気配がまったく無いわけではない二人ではあったが、歓迎ムードがあったので綾香はかるがると三人目として加わることができた。なにより、彼女らと話した途端、周りのざわめきが、祭囃子が、急に鮮やかさを取り戻して、喉《のど》がからからのときにレモン入り炭酸水を飲んだみたいに世界が広がった。こんなに楽しげな空間に、いままで私はいたのか。やっぱり祇園祭は人と来るもんやなぁ。

「苗場ちゃん、お店ってどこにあるの？」

「ここから近いで。わりかし最近できたとこやけど、おばんざいの種類が豊富で美味しいで」

「へえ、楽しみやなぁ。宵々山の日にお店を予約しておくなんて、用意がいいね。いつも出店のものを食べ歩いて終わりやったわ」

「出店の辺りは混雑しすぎて、たこ焼き一つ買うのでも一苦労やろ。食べれるとこ少ないし、ごみもどこに捨てたらええか分からんし。三十越えたら出店はもうええわ」

「おれ祇園祭の出店の通りで戦時中みたいな風景目撃したことあんねん。孫とお爺《じい》さんが人が多すぎて、どんどん引き離されていくの。子どもが〝おじいちゃーん〟って泣きながら呼んでて、壮絶やったわ」

「ああ、出店の通りって異様に狭いもんなぁ。って分かってるねんけど、私、できれば鮎《あゆ》の塩焼きだけは出店で食べたいな。あれ好きやねん」

串《くし》刺しで骨まで食べられる鮎の塩焼きは綾香の好物だ。

「ええやん、店行く前に寄ろ」

樋口くんがさっそく屋台を探し始める。

露店は広い四条通には出ず、山鉾も並ぶ狭い通りに密集している。今年も混みようはすさまじく、通りに入る人波と出る人波が肩をごりごり擦れ合わせながら両者強引に進んでいる。さいわい鮎の塩焼きの露店は通りの入り口にあり、値段もほかの露店に比べると少々高いせいか行列もできてなかったので、綾香はすぐ手に入れることができた。

たっぷり塩をふった鮎が尾っぽから口までを串刺しにされて、表面をこんがり焼かれていた。屋台だと侮《あなど》るなかれ、大きめのししゃもを鮎と言って売っているわけでもなく、かじるとちゃんと鮎の若々しい味がする。ソースにシロップと、べたべたな濃い味が多い屋台ものに比べて、鮎の塩焼きの風味は淡泊で、暑いなかにいて川の涼やかさも思い出せる。お腹にたまらない気もするが、一匹を食べ終わると意外に満足感があり、またソースやマヨネーズが口の周りや浴衣につくのを心配する必要もないので食べやすい。

せっかくやから山鉾も見て行こか、となり、樋口くんが好きな山鉾ナンバーワンだという、巨大なかまきりのからくり人形が上に乗った蟷螂山《とうろうやま》や背が高く山鉾の中で唯一、生稚児《いきちご》が乗る長刀鉾《なぎなたほこ》を見て回った。山鉾というといかにも伝統の和の精神を受け継いだ、という感じがするが、実際に近くで見てみると前懸《まえかけ》はペルシャ絨毯《じゅうたん》だったり、中国の獅子《しし》が描かれていて、いかにも日本というよりオリエンタルな雰囲気だ。しかしその色彩の鮮やかさが祭りのにぎわいや、こちらも風変りなコンコンチキチンの金属的な祭囃子とマッチしている。縦にぶら下がったいくつもの提灯《ちょうちん》の灯りはどこか妖《あや》しく、じっと見ていると虫のように引き込まれてしまいそうだ。山鉾にぎっしり乗っている囃子方《はやしかた》は、丸めた背中を外に出して一心不乱に演奏している。山鉾のなかはどれほどの熱気とやかましさなのだろう。

「今年もカマキリは元気に鎌《かま》をふりかざしてて良かった」

「あのカマキリ、いつも見ると〝あれっ、意外と小さかったんや〟って思うわ。想像のなかでは一年のあいだにアイツが山鉾の屋根全体にかぶさるほど大きくなってるのよね」

「そこまでデカかったら、カマキリの妖怪《ようかい》やん。特撮みたいになるで」

　少し前を行く樋口くんと苗場ちゃんの会話が聞こえてくる。

　良い具合に疲れたあと、二人の予約していた大きな赤提灯が入り口に飾ってある料理屋に行くと、急遽《きゅうきょ》三人に増えた客に店の人が戸惑っていたが、しばらく待つとカウンターの席に通された。店内は満員御礼でお店が席を用意できるかなとあわてた理由がよく分かる。カウンターには大鉢に盛られたおばんざいがたくさん並んでいて、メニュー表と照らし合わせつつ、賀茂《かも》なすの田楽とお揚げと水菜の炊《た》いたん、万願寺とうがらしとじゃこの炊いたん、ポテトサラダを頼んだ。伝統のおばんざいが若者向けにちょっとアレンジされていて、じゃこがラー油で炒《いた》めてあったり、アイスクリームみたいな外見のポテトサラダはハムの味がアクセントになっていておいしい。

「二人とも、結婚はした？」

近況の話になり、盛り上がるうちに綾香はうっかり聞いてしまい、すぐ後悔した。自分が同じことを聞かれれば「またその話？」とうんざりするくせに、話題に出ないと自分から口にのぼせる。馬鹿みたいだ。さいわい二人とも気に障った風はなく、そろった動作で首を振った。

「全然してへんで～。周りはすごい結婚ラッシュやけど。私らと同じクラスだった坂井理絵ちゃんっていたやろ？　あの子もつい先月結婚したで。私、結婚式行ってきた」

「おれもしてない。友達ではまだしてない奴《やつ》もいるから、焦ってはいーひんけど」

「私もしてないよー。みんな結婚早いよね。中学から付き合ってて結婚した人もいるし」

「藤田と中澤のカップルやろ？　あいつら仲良いと思ってたけど、まさか結婚までするとはな。同級生としては、うれしいわ、ほんま」

「二十代後半からみんな一気に片付いていったよね。私もうほとんど諦《あきら》めてるもん。彼氏もおらへんし」

苗場ちゃんが結構本気のため息をつく。

「おれはあきらめてへんぞー」

樋口くんがぼそっとつぶやくと、隣で横並びに座っていないと分からなかったくらい微妙に、苗場ちゃんの身体《からだ》が揺れた。あ、好きなのかな。にぎやかな店内で自分たちの席だけ一瞬静かになり、綾香は他人《ひと》ごとながらどきどきする。すぐに雰囲気は戻り、樋口くんも苗場ちゃんもビールを飲みながら同級生の噂話《うわさばなし》に花を咲かせた。

事情はよく知らないけど、この二人、うまくいくといいな。

人の恋を素直に応援する気になれたのは久しぶりだった。中学時代を共に過ごし、お酒を飲んでいる姿を見るだけでも、時間が経ったなぁと感慨深く思う二人を、応援せずにはいられなかった。

京地鶏の竜田揚げ、牛すじとこんにゃく煮、九条葱《ねぎ》入りのだし巻を追加で頼み、しめにあさりの蒸し飯と大根もちを頼んだら、お腹がいっぱいになり、デザートまでたどり着けなかった。大根もちは欲張りだったようで、店を出た三人はお腹が苦しく、散歩してから帰ることにした。

まだ十時前だったが、祇園祭の客は店に入る前より減っていて、京都の夜は祇園祭の日ですら早い、と綾香は苦笑する。普通の日だとほとんどの店が九時に閉まるので、京都で一番の繁華街の四条でも九時過ぎにはもう人の姿がまばらになる。もちろんほかの町だともっと早い。京都市民の足であるバスも最終が早いので、中心街で飲んでいても、大体みんなバスの時間を目安にして帰ってゆく。三人は、親子連れが減り、代わりにヤンキーっぽく仲間とつるんでいる若者が増えてきた河原町通をほろ酔いで歩いた。

道ばたには改造車が目立ち、LEDライトのサイケデリックな照明とヒップホップ系の音楽を爆音で流すことで作り上げた異様な空間の車内を、ドアやトランクを開けて見せびらかしている。祭りとなると、普段は町のどこにいるのか分からないこういった人たちが張り切り出す。からまれても恐いので足早に側《そば》を通り過ぎ、四条河原町を抜け四条大橋を渡った。等間隔に座るカップルがびっしりと連なっている河原町側の岸ではなく、反対の祇園側の岸に三人は降りた。

「三年ぐらい前の祇園祭の日に鴨川でナンパされてん」

「へーっ、やっぱり祭りの日はそういうことあるねんな」

「でもお母さんといっしょに歩いてたときでさ。ここ薄暗いやろ？　だからナンパする方もしっかり顔見えへんのに、女二人連れってだけで声をかけてくるねん。いきなり肩叩《たた》かれたもんやからお母さんびっくりしちゃってさ、〝ひえーっ〟って悲鳴上げて男の子たちもびびっちゃってさ。〝スイマセン〟とか言ってすぐ逃げた。まだ大学生くらいの子らやった」

綾香の話にあとの二人が声を上げて笑う。川の土手部分に直《じか》に座ると、鴨川沿いに連なる対岸の鴨川納涼床のお店の提灯がたくさん、夜の闇《やみ》にぼうっと浮かび上がっている。川面《かわも》にせり出した屋外の納涼床をにぎわす客たちの声、河原の道を行き交う人々、二人ずつ寄り添って座り鴨川を見つめる寡黙《かもく》なカップルたち。対岸の人間模様は夜の溶け込む黒い川を挟んで見るとまるで幻影のようで、すでに鴨川での納涼の習慣があったという江戸時代にタイムスリップしてもおかしくない。目もくらむほどの長い年月、夏になると必ず繰り返されてきた風景。それでも今年の夏は、今年の祇園祭は、一度きりだ。

「鴨川って広い川やなぁ。けっこう迫力ある」

苗場ちゃんの言葉に、あとの二人は目の前に横たわる川を眺める。

「昼と夜とじゃ、雰囲気が全然違うよな」

「ね。ちょっとこわいね」

鴨川は数少ない電灯の明かりに照らされて、流れる水の黒いうねりが表面を渦巻いている。昼間より水量が多く底なしに見える夜の鴨川は、祭りに浮かれた酔っぱらいをらくらくと飲み込んでしまいそうで、泳ぐ人が出ないことを綾香は祈った。鴨川は美しいが夜はやはり恐ろしい。長く近くで暮らしていると、かつて合戦場であり、死体置き場であり、処刑場であった歴史を、ふとした瞬間に肌で感じ、戦慄《せんりつ》する。どんなに賑やかな祭りの夜でも、この都は古い歴史を煮詰めた暗闇を隅の空間に作り出して、現代の人間をあっちの世界に引き摺《ず》りこもうと待ちかまえている。

「ふう、やっと全身の汗が引いたわ」

だからこそ、鴨川は酔い覚ましには最適だ。樋口くんが大の字に仰向けになり、苗場ちゃんは夜空を仰いだ。綾香は川べりの涼しい風に当たっているうちに、食べすぎて張りつめたお腹が段々こなれてきたのを心地よく感じていた。

「このまえ夜の鴨川をジョギングしてたら、蛍が飛んでたよ。一匹、二匹、ふわーっと光って飛んで、川の上の空中でも点滅をくり返してたわ。思わず後ろからついていきたくなる、幻想的な光やったわ」

苗場ちゃんがうっとりした声で言う。

「へえ、いいなぁ。いまも見れへんかな」

「蛍の時期は短いからもう終わったかもな。もっとも、鴨川って言ってももっと上流の方で見たから、ここでは明るすぎるのもあって見えへんかもな」

「哲学の道のあたりにもいるよ。何年か前に見に行ったけど、あんまり暗すぎて途中で恐くなったわ」

「あんた、誰と行ったんよ」

「男友達や、悪いか」

「うそはやめぇや、蛍みたいなオシャレなもん、男同士で見てもおもしろないやろ」

「ほんまやって。谷やんの車を借りて……」

樋口の言い訳を聞きながら、綾香は鴨川に飛ぶ蛍の儚《はかな》げな光を想像して目をつむった。つい同じ蛍という名前を持つ父親の、まばらにしょうがひげの生えたかそけき笑顔が浮かびそうになるのを、必死に打ち消しながら。

未来《みき》は志望の大学院のため、というより京都に住みたいのが先にありきで、京都市内の大学院を選んで広島からやって来ためずらしいタイプだ。最初の授業の自己紹介のときから「せっかく京都に来れたので、いろんなスポットを巡りたいです」と言っていた。凜と友達になってからは、二人は京都のさまざまな場所へ出かけた。京都府立植物園の薔薇園《ばらえん》にも凜は結局未来と一緒に行った。背の高い薔薇はすっくと美しく、どの品種も華麗に咲き競い、ピンク、真紅、白、二色使いもあった。幾重にも重なった花弁の奥を覗《のぞ》きこむと吸い込まれそうで、花弁の端が自然のフリルになり軽く巻いているのも、ほかの花とは違う薔薇独特の繊細さだった。二人は丁寧に一つ一つ、思う存分に薔薇の香りを嗅《か》いだ。どんな香水よりも清冽《せいれつ》でみずみずしい匂いが、薔薇の奥から香っていた。

生まれたときから京都に住んでいる凜よりも、趣深い寺社や伝統行事、美味しい甘《あま》味処《みどころ》などは未来の方が詳しいくらいで、凜が初めて行く場所へ未来に連れて行ってもらうことも多かった。

　夏休みに、二人は貴船《きぶね》へ行った。じりじりと焦げつく町中の暑さから解放されて、鞍馬山《くらまやま》の涼しい風の吹く貴船《きふね》神社に未来は感動した。

「京都ってほんま素敵な場所ばっかりじゃね」

　故郷を褒めてもらえるのは嬉《うれ》しい。京都を好いてくれる未来にわざわざ言わないが、凜の頭には素敵とは言い難い京都の面がかけ巡る。一つ通りが変わるだけでがらりと変わる町の雰囲気、きっと他の都道府県にはない複雑な京の歴史が絡《から》んだ、なんともいえない閉塞感《へいそくかん》。京都であり故郷であるこの地に長年いると、決して嫌いではなく好きなのに、もやもやした感情が澱《おり》のようにたまってきて、もがくときがある。そんなとき未来の瞳から見た〝美しい京都〟に触れるとほっとする。

「私さ、就職先は関東の方で、って考えてるねん」

　貴船神社の本宮から奥宮へ向かう間にある思ひ川を、橋の欄干から見下ろしながら凜が呟いた。和泉式部が恋の悩みを〝物おもへば沢の蛍も我が身よりあくがれいづる魂《たま》かとぞみる〟と詠《よ》んだとされるこの川は、勢いのある清流で、そばに寄るだけで冷気に洗われ、ゆるい坂を登ってきたときにかいた汗がひいた。

「京都出るんね、もったいなぁ。ていうか、もう就活のこととかちゃんと考えとるんじゃね」

「未来は広島に帰らないの？」

「できたら京都がいいけど、勤めたい会社、受かった会社のあるとこに大人しく行くよ。まだ漠然としとって、どこ受けようとかまったく決めとらんけど。凜は関東行きたいん？」

「うん。本当は関東じゃなくても京都から離れられれば、どこでもいいんやけど……。こんな言い方すると京都が嫌いみたいに思われそうやけど、全然違うねん。好きやからこそ一旦《いったん》離れたいっていうのかな、盆地の中から抜けだして、外側から京都を眺めて改めて良さに気づきたいねん」

「凜って生まれも育ちも京都かいね？」

「うん、引っ越したこともない。その事実がときどき恐くなるねん。世界はもっともっと広いのに、私はなんにも知らないまま小さく守られたところで一生を過ごすのかなと思うと、息がつまりそうになる。家族にしてもそう。上の姉もずっと実家暮らしで、みんなで和気あいあいと過ごすのはそれは楽しいけど、一人暮らしもせずにこのまま京都に住んでる人と結婚してずっとこの町で暮らすとなると、いいのかなって思う」

「確かに家族から離れて分かることとってあるけどね。私は実家で家事とか手伝ったことなかったけぇ、引っ越してすぐは洗濯機も回せんくて大変な目に遭ったわ。いいんじゃない？　強い思いがあるんなら、たぶん新しい場所でもなんとかやってけるじゃろ」

「うん。私のなかではもう覚悟は決まってるんやけど、まだ親には言えてなくて。なんとなく、反対されそうで。うちの親は自分の子どもが結婚以外で家から出て行くなんて、想像もしたことなさそうやから」

「女三姉妹が自分の子どもだったらそうなるかもね。うちには上にお兄ちゃんが二人おって、みんな就職と同時に散り散りになったけぇ、私もそんなもんだと思われとったけど。三人とも女だったら家も華やかだろうね」

「いや、うちはみんな元気でキャラクターも強いから、華やかっていうよりはうるさいくらいい。そや、未来は八月十六日って空いてる？　うちに大文字焼きを見に来ない？　家の二階の物干し場からよく見えるねん」

五山の送り火はお盆の終わりに、先祖の霊とまだまだ暑いけど過ぎ去っていく夏に想《おも》いを馳《は》せる伝統行事だ。大文字、左大文字、妙法、船形、鳥居形と五つの送り火があるが、凜の家からは左大文字がすぐ近くに見える。

「え、いいん？　行きたい、めっちゃ嬉しい！　大文字って初めて見る。今年は帰省の時期早めるけぇ京都におるし、ぜったい見たい思うとった」

「大歓迎やで、うちは原則家族みんな揃《そろ》って、晩ご飯食べてからみんなで二階へ上がって大文字を見るねん。六時ごろからおいで、いっしょに晩ご飯も食べよ」

「家族行事の場に私がおってもいいん？」

「もちろん！　みんな喜ぶと思う。大文字もいい加減私たち見飽きてるから、新しい人がいる方が盛り上がるわ」

「じゃあ、おじゃまします。誘ってくれてありがとう」

　二人は貴船神社の奥宮にお参りしたあと、帰り道にあるカフェに寄り、抹茶氷を食べた。テーブルには訪れた人たちがメッセージを残す日記帳があり、記された内容を順々に見ていくと〝思ひ川のほとりで彼氏とエッチをした。浴衣を着ていたから脱ぎにくかったけど、どうにか成功〟と書いていた女の子がいて、とんでもない人がいるものだと二人で仰天した。

　夏休み中の大学構内は人の姿もめったになく、いつもより広大に見えるのっぺりした敷地のなかを、凜は汗をかきながら歩く。大学の中心は木よりも芝生の面積の方が広くて、蟬《せみ》の声が周囲から鳴り響いてくる。聞こえるわけはないが、元気そのものの濃い緑に埋めつくされた、大学の背後にある衣笠山《きぬがさやま》からも、鳴り止《や》まない盛大な蟬の声がこちらに向けて降ってきそうだ。

家を出たとき凜は潑剌《はつらつ》としていたが、快晴で気持ちの良い日だ、今日は自転車じゃなく歩きで大学まで行こう、と決めて住宅街の道を歩いているうちに、照りつける真昼間の太陽にやられてバテ始めた。遠い距離でもないからと油断していた。瞬《まばた》きするも目玉までゆで上がりそうで、大学に着くと自分の研究棟まで行く前に食堂のある棟に避難して、購買でソーダアイスを買った。ちょっと日光が入ってくるだけの電気の点《つ》いていない薄暗い廊下で、立ったままアイスの袋を開ける。

清涼感のあるアイスキャンデーで、白い煙が漂うほど冷えていて、かじった途端に中のガリガリした氷が干上がった口内を一気に冷やし、潤《うるお》わせた。ほぼ百点満点の美味しさだったが、渇ききった喉にはソーダ味さえ甘すぎる気がして、アイスを食べ終わると水飲み機で存分に水を補給した。凜は水飲み機を使うといつも、高校の頃、暑い七月に水飲み機が故障したときのことを思い出す。みんな絶望的な顔をしていた。特に運動部の連中は放課後、つい故障を忘れて汗だくで水飲み機に近づき、意味なくペダルをスコスコ押して、水の噴き出す位置に合わせて虚《むな》しく口を半開きにしていたものだ。あって当たり前と思っていたものが無くなってすごく困る、まさにそんな瞬間だった。

ラボにいた院生は一人だけで、机の上の顕微鏡を覗いてメモを取っていた。本当は十人ほどの院生がほとんど毎日通っているが、みんな夏休みなので、かぶることは少ない。

「あれ、張さん北京《ペキン》からもう帰って来たんや」

「帰ってない、チケットが高い時期だから。今年は冬に帰る」

「じゃあずっと日本にいたんや」

「うん。もう暑くて溶けてしまいそう。こわくて外に出られない、どれだけ暑いか分からない」

眼鏡をかけた彼は中国からの留学生で、京都の暑さは北京よりもひどい、などと言ってよく皆を笑わせていた。

研究室は人間というより菌のためだが、いつも天国の涼しさだ。ラボのメンバーが育てている菌の環境を一定にする保温装置などを安定して稼働《かどう》させるために、常に同じ温度に保たれている。

チップ詰めする瞬間は、一日のうちで心がもっとも落ち着く。チップ詰めとは、日々の実験で使うピペットの先端に装着するチップを殺菌するために、箱に詰める作業だ。ひと箱に百本くらいのピペットチップを何箱もひたすらに詰めるのは一見すると修業のようだけど、単純作業に心が洗われる。研究が滞っているときも、チップ詰めをしていれば、なんとかさまになる。

ある味に関するタンパク質の構造解析、と言えばなんだか難しそうだが、実際することと言えば、毎日の単純で地道な手作業だ。解析したい対象のタンパク質を生成する大腸菌を作り、大量に培養し、遠心力で沈澱《ちんでん》させ、抽出する。

タンパク質は温度が上がると壊れやすいので、一定の温度に保たないとダメ、サンプルを取り違えてもダメ、環境変化で減らしちゃうとダメ。途中で一か所でも失敗するとふりだしに戻るため、緊張感が必要だ。一日でもさぼるとタンパク質は死んでしまうんじゃないかと心配で、雨の日も風の日も、夏休みでも、毎日大学に来るようにしている。当然旅行など行けるはずもなく、今年の夏は赤ちゃんタンパク質のお母さんとして過ごした記憶ばかりが残りそうだ。

作業を一通り終えたころ、教授が部屋に入ってきて凜を教授室に呼んだ。

「この前話した進路のことなんだけど、先方に君のことを伝えたところ、けっこう良い感触が返ってきたよ」

教授室に呼びだされたときからその話だろうとは思っていたが、いざ話が切り出されて、しかも返事が良かったとなると、喜びのパワーが身体からあふれでて指先が震えた。食品メーカーの研究職に推薦してほしいと教授に頼んだのは今年の進路相談の折で、以前からできれば東京都内の食品メーカーに勤めたいとは伝えてあった。

「もし正式に推薦していただければ、本当にすごくうれしいし、もし内定を取れたらかならず決めさせていただきます」

「熱意があって研究も真面目《まじめ》にやっている子だとは先方に伝えておいたよ。まあ、まだ決まったわけではないから、内密になさい」

「分かりました、気をつけます」

この時期は進路にはみんな敏感になっている。教授に口利《き》きしてもらえることなんて、いまはほとんどないから、公言は憚《はばか》られる。

「まあ、君には本当は博士課程に進んでほしかったんだけどね」

「はい、すみません」

「でも悩んで決めた進路であれば、私は応援するよ」

「ありがとうございます」

教授と凜がいっしょに部屋から出ると、張さんもちょうど作業に一段落ついていたようだった。

「そろそろ夕飯でも食べに行くかい」

教授が腕時計で時間を確認してから誘った。

「いいですね。焼肉とか」

「たしかに私も焼肉が食べたい気もする。奥沢さんもいっしょにどうだい、焼肉」

「あ、今日は家で晩ご飯を食べると言ってるので、すみません」

本当は夕食についてはまだ家族に伝えていなかったが、さっきの教授の話を静かな場所で一人で反芻《はんすう》したかったから言い訳をした。

大学を出て、だいぶ涼しくなった夜の道を、足が地面から一センチ浮いているふわふわした心地で歩く。

夢が叶《かな》う、かもしれない。

まだ親には言うつもりはなかった。もう少し地盤が固まってから、ちゃんと話す。正直、気軽に出せる話題ではないとなんとなく感じていた。一つの結界を破るぐらいの覚悟が要る。

約束通り、未来は八月十六日の夕方に奥沢家へやってきた。

「どうぞ、いらっしゃい」

母親に迎えられリビングに通された未来は、凜はもちろん父親や姉の綾香までいることにはじめ緊張気味だったが、すぐ慣れた。

客が来ると知った母は専業主婦退職を一時やめて、昼から台所で晩ご飯作りに没頭していた。

「羽依ちゃん会社のあとにビアガーデン行くことになったから、今日帰るの遅くなるって」

携帯をいじっていた凜が声を上げる。

「もーまたあの子は直前に。お墓参りも来いひんかったし、どうしようもないわ。未来ちゃん、たくさん作ったから好きなだけ食べてな」

ひさしぶりの母の手料理を喜んだのは、未来というより奥沢家の面々だった。ゆばの刺身からしじゃもの焼いたの、トマトやオクラの入った夏野菜のおでんに、海老《えび》クリームコロッケ。懐かしのおふくろの味にみんな夢中で食べた。

「実は今日は私も料理しました」

今日が料理当番だった凜は一度台所に引っ込むと、盆に料理の皿をのせて出てきた。

「私が作ったのは〝安いお肉で特上ステーキ〟と〝砂抜きしっかりあさりの酒蒸し〟です」

「こら、お客さんに安いお肉を出すなんて失礼でしょう」

堂々とステーキとあさりの酒蒸しを盛った皿をテーブルに並べる凜に、母が顔をしかめる。

「安いは言いすぎた、普通のお肉を科学の力ですごく柔らかくしました。どうぞ召し上がれ」

一口大に切られた肉を食卓を囲む皆はいぶかしげに見ていたが、食べてみると意外そうな表情になった。

「美味《おい》しいね、これ。確かに柔らかいわ」

綾香がコメントして、父は頷きながらもう一枚肉を口に入れて、ご飯を頬張った。

「調理方法としては、まず乳酸菌で肉の筋を柔らかくするために、ステーキ肉を一晩ヨーグルトに漬け込んでん。そのあと酵素の力でタンパク質を柔らかくするために、生パイナップルを上にのせてん。それだけでこれだけ柔らかくなるねんよ。科学の力ってすごいでしょう。焼くときには網にレモン汁を塗って、肉と網の接している部分のタンパク質を瞬間的に分解してる状態を作って焦《こ》げつかないように工夫してる」

凜は皆が肉を食べている様子を、立ったまま満足げに眺めた。

「あさりの酒蒸しも知識を生かしたよ。あさりの砂抜きは、水に塩を入れて海水に似た環境を作ってあさりに砂を吐かせようとする人が多いけど、実はそれやとあさりが居心地良すぎて砂を吐かへんねん。私は四十五度くらいの熱めの真水のお湯にあさりを浸けるねん。そしたら貝は苦しくてげふげふ砂と塩を吐くから、塩水に浸けるよりも短時間で砂抜きができるんよ」

詳しい説明に今まさにあさりを食べようとしていた未来が笑った。

「凜のレシピを聞いてると、料理じゃなくて実験方法みたい」

「そうやねん、この子、前の料理当番のときも、パスタ麵《めん》をわざわざちぢれさせてラーメン作ってたのよ、ややこしい」

ラーメンの麵には原材料に麵を縮める成分であるかんすいが入っていて、これに目をつけた凜は、かんすいと似た成分である重曹を使うレシピを思いついた。凜は小麦一〇〇パーセントのパスタを重曹と大さじ一杯分の塩入りのお湯でゆでて、麵をちぢれさせてラーメンを作った。

家族は初め「おおっ」と驚いたものの、「初めからラーメンを買えばええやん」という結論に落ち着いた。

八時を過ぎて左大文字の点火時間が近づくと、一人一人が切り分けたスイカを持って二階に上がった。奥沢家の伝統として、大文字の灯りは薄暗い物干し場でスイカをかじりながら眺める。母親はエアコンで涼しくしておいた二階の和室に入り、物干し場へ続くガラス戸をためらいもなく開けた。夜とは思えない蒸し暑い外気が部屋へ入ってくる。凜と未来は干し場まで出て、綾香は干し場と部屋の境界に立ち、父親はざぶとんを引っ張り出してきて畳に敷いてあぐらをかき、母親は蚊取り線香の火をつけたりスイカ用の皿を持ってきたりと立ち働いている。

「あ、一つ点いたね」

未来がうれしそうに声を上げる。大文字の送り火は一斉に点くわけではない。割り木についた火の点が段々と増えて大の字を作る。すぐ近くで見れば火が燃え盛り迫力のある光景だろうが、遠くから見ているとこの過程はいまいち地味だ。もし未来が五山の送り火にたいして、花火の着火のように瞬《またた》く間に炎が走り、山に鮮やかな大の字がパァと浮かび上がるイメージを持っていたとしたら、このちょっとずつ火が増えてゆく行程はがっかりだろうなと、凜ははらはらしながら彼女の横顔を見守っていた。五山の送り火は祭りではなくお盆の儀式だ。観光客の増加により見る人が増えたが、祇園祭のようなエンターテインメント性は無い。地元の人間も夏の風物詩なのでとりあえず見に行くが、燃えているのをじっと見て、「火ィ点ける人が間違えて〝大〟を〝犬〟にせえへんかな」などと言って、十分ほど見たら家に帰ってお風呂《ふろ》に入る。

じわじわと増えた火が点から線になり、山の前面に巨大な大の字が完成した。火から相当な量の煙が出ているのが、曇った夜空で分かる。

「人が動いとるんが見える！」

未来は物干し場の手すりから身を乗り出して大文字を凝視していて、意外と楽しんでそうなので凜はほっとした。

「もっと近づいてみようか。私もあんまり近くまで寄ったことないから、見てみたいねん」

「行こう、行こう」

スイカを食べ終わると二人は家を出て、大文字の方向へ向かって歩いた。

北大路通から西大路通の曲がり角は人であふれ返っていた。なんの遮蔽物《しゃへいぶつ》もなくごく近くで大文字が見られるこの場所は、毎年人気スポットだ。さすがによく見えて炎の大文字が迫ってくるみたいだ。

「すごいね、ここ」

未来は携帯のカメラに大文字を収めている。

「もっと近づこう」

人だかりを抜けて二人は山の方向へ続く住宅街を歩いた。途中、少人数の人だかりスポットがあって、彼らのそばまで行き見上げると、ちゃんと大文字が見える。付近に住む住民は各々の見やすいところを毎年研究しているのだろう。

山のふもとに近い場所まで坂道を登ると、近すぎて大文字は見えなくなり、代わりに焦げくさい臭いがするようになった。

「煙の臭いがするね」

「そう？　私は分からん」

未来が鼻を鳴らして空気を吸い込み、首をかしげた。

「これ以上は近づけないか……」

中は学校か寮のような施設で、夜のため全景はよく見えなかったが、いたるところに子どもを連れた大人がいて、みんな施設の奥を目指してゆるやかな坂道を登っている。施設のまえの門の柵《さく》の外側に立ち、二人が汗をぬぐっていると、小さな子どもを連れた人が門の向こうから近づいてきた。

「どうかしましたか」

「いえ、大文字を近くで見たいなと思って、ただ歩いてたらここに来ちゃって」

「入りますか」

二人がうなずくと男性は門を開けた。中に入ると子どもたちは大文字のお祭りっぽい雰囲気に、はしゃいでいた。二人は先導する子どもについていき、坂の上の見晴しの良い場所まで登ると、いままでで一番大きく大文字が見えた。二人でもっと先へ進むと、大文字山に登る専用の山道につながっている場所まで出た。関係者以外立ち入り禁止と看板が通せんぼしている山道の奥は真っ暗で、低く唸《うな》るたくさんの男の声が聞こえてくる。

「お経だ」

やけにはっきりと念仏を唱える声が山の上の方から降ってくる。送り火を前に、たくさんの僧侶《そうりょ》が念仏を唱えているのだろうか？　けっこう距離があるはずなのに、なぜこんな山のふもとまで聞こえるのか疑問だ。真っ暗な中に聞こえる静かなお経の声は、坂を登る過程でかいた汗を、一気に引かせるほどの威力があった。

「すごいねぇ、なんかこわいみたい」

「火を盛大に焚《た》いて華やかにも見えるけど、五山の送り火の目的は、お盆に帰ってきた先祖の魂を供養《くよう》したあと、またあの世に送り返すことやからね。いまこの辺りは帰ってゆく霊でいっぱいかも」

「やだやめてぇや、凜！」

二人で騒ぎ合ったが不思議とゾクッとはしなかった。帰ってゆくのが先祖の霊だからかもしれない。二人は入った門から施設を出ると、奥沢家に向かった。


その夜、凜は幼いころ繰り返し見た悪夢を、ひさしぶりに見た。近所の山から得体のしれない妖怪が降りてくるその夢は、幼い凜を追いかけ続け、お決まりのパターンなのに、いつも新鮮に恐ろしい。

家から三十分ほど歩けばたどり着くその山は、中に入ってはいけないと、凜は子どもの頃から両親にも学校の先生にも言われ続けた。凜の住む地域は治安が良くないわけでもないのに、山のほかにもあのエリアはダメ、あの川付近もダメと遊びに行ってはいけないと親に言い渡される場所が多く、子ども時代はみんなで集まって遊ぶ場所に苦労した。言いつけを守り山に足を踏み入れはしなかったが、友達と山の入り口を覗いたことはあり、りんごを上から落とせば勢いよく転がり落ちそうなほどの傾斜のある山道を眺めていると、冷や汗が噴き出した。高校生になったとき、昼間に意を決して山を登り、坂道の先には眺めの良い展望台があるだけと知り、山への恐怖は消えた、はずなのに、夢のなかの妖怪は、いまでもあの山奥から高速で移動して、凜の住む町へと下ってくる。

妖怪は下半身が無く、腕を足代わりにして走り、山奥からものすごい速さで駆けおりてくる。肩には直接大きな顔がついていて、輪郭は四角く、表情はいつも目と歯を剝《む》き出しにして度を越した憤怒《ふんぬ》の表情で、嚙《か》みちぎられそうだ。妖怪はふもとの小さな集落を過ぎ、林道を駆け下りて、まっすぐ凜の家へ向かって走ってくる。凜は、あいつが来る、と分かっているのに、人通りのない朝に家のまえの通りに突っ立ったまま動けない。遠くからアスファルトをかしゃかしゃ走ってくる妖怪の姿を目撃して、ようやく凜の身体が動き、逃げ出すが、あっと言う間に追いつかれてものすごい形相の妖怪に上からのし掛かられる。

殺される！　と思った瞬間に目覚めて凜はまだ心臓がどきどきしていたが、あまりにもひさしぶりに見た夢に懐かしさを感じていた。小学生のころは毎日この夢を見て飛び起きて、泣いて〝引っ越ししたい〟と親に訴えたこともあったっけ。意外にも綾香も賛成した。〝この土地の複雑さに私はついていけない〟って。でもお互いこの土地に生まれ、小学生のころから同級生で知り合いで、結婚までした両親は〝こんな素晴らしい土地はどこにもない。長く暮らしたらお前たちにもきっと良さが分かる〟と優しく諭すばかりだった。

ひさしぶりにまた見たのは五山の送り火の余韻かもしれない。凜はベッドから起き上がり、部屋の窓を開けた。まだ真夜中で外は真っ暗だ。もうするはずのない、割り木の焼ける焦げくさい臭《にお》いが、つんと鼻をよぎった気がした。

窓からは山から降りてくる澄んだ空気に乗って、涙の気配も運ばれてくる。いま家の近くのどこかで泣いている人がいる、というわけではない。谷の底で長い年月を経ても未《いま》だ風化されず微《かす》かに残っている、涙の気配がいまもなお、まるで誰かが泣いているみたいに生々しく部屋全体に広がってゆく。

京都の伝統芸能「いけず」は先人のたゆまぬ努力、また若い後継者の日々の鍛練が功を奏し、途絶えることなく現代に受け継がれている。ほとんど無視に近い反応の薄さや含み笑い、数人でのターゲットをちらちら見ながらの内緒話など悪意のほのめかしのあと、聞こえてないようで間違いなく聞こえるくらいの近い距離で、ターゲットの背中に向かって、簡潔ながら激烈な嫌味を浴びせる「聞こえよがしのいけず」の技術は、熟練者ともなると芸術的なほど鮮やかにターゲットを傷つける。

普段おっとりのほほんとして響く京都弁を、地獄の井戸の底から這《は》い上がってきた蛇のようにあやつり、相手にまとわりつかせて窒息させる呪術《じゅじゅつ》もお手のものだ。女性特有の伝統だと思われている向きもあるが、男性にももちろん熟練者は多い。嫌味の内容は普通に相手をけなすパターンもあれば、ほんま恐ろしい人やでと内心全然こわくないのに大げさにおぞけをふるうパターンもある。しかし間違ってはいけないのはこの伝統芸能の使い手は集団のなかにごく少数、学校のクラスでいうと一人か二人くらい存在しているだけで、ほとんどの京都市民はノンビリしている。

羽依はどんな集団に属しても、彼らに目をつけられる。「調子乗んな、うっとい」「アホちゃう」「ほんまむかつくわ」「男好きうつるし近寄らんといて」さまざまな言葉が背中にぶつけられたが、羽依は背中を丸めることなく、しっかり前を向いて、好きな男と付き合い続けた。おかげでいまでは陰口に立ち向かう勇気を身に付けた。言われっぱなしにはならへんで、と身体全身がカッと熱くなる。でも本当に強い人間はいけずに立ち向かうんじゃなくて、気にもせずにどこ吹く風と笑える人だと気づいてもいる。

羽依はここ数日背中でいけずを受け止め続けている。いけず撃退法を長年の経験から学んだ羽依だったが、さすがに会社の先輩にかましていいのか分からなくて、躊躇《ちゅうちょ》していた。学生時代なら思う存分やれたが、下手すれば辞める事態に追い込まれるかもしれない。深夜ふっと起きたあともう一度寝つけず、台所で水を飲みながらいまの自分の状況について考える。

いつか女子社員に睨《にら》まれて洗礼を受けると思っていたが、気をつけて猫をかぶっていたにもかかわらず、意外なほどその時期が早く来た。いまは口も利いていないが、女性社員に人気の前原と一時接近していたのも、ターゲットにされた要因の一つだろう。

入社したときから、伝統芸能後継者が二人ほどいるなとすぐに気づいて、お局《つぼね》の未婚の四十代の先輩と既婚の五十代の先輩を警戒していた。嫌われないようにと気を遣っていたが、きっかけはささいなことから始まった。

ある日未婚のほうの先輩がほかの女性社員から「誕生日おめでとうございます」と大げさに祝われていた。その年になって誕生日もなにも無いだろうと思いつつ、羽依も笑顔を見せて手まで叩いて誕生日祝いの列に加わったのだが、実はそれでは足りなかった。羽依の課では二大お局に誕生日プレゼントを用意するのが習わしだったのだ。羽依はまったく気づかず、いまから思い出せば既婚のほうの先輩が「私はジュエリーボックスをプレゼントにあげてん」など聞こえよがしに言っていたが、羽依はまさか遠回しのプレゼント要求とは気づかず、よっぽど仲が良いんだなぐらいにしか思っていなかった。

ほかの女性新入社員たちは誰に教わらずとも雰囲気を察知して、羽依以外の全員がプレゼントを渡していた。心からお局二人を恐れていたため、空気を読む能力が発達していたのだろう。

誕生月が過ぎた頃から、先輩の女性社員たちの羽依に対するひそひそが目立つようになり、お土産物などを一人だけ配られない〝お菓子外し〟が始まった。休憩室にいても明らかに先輩が羽依を避ける。空気を読んだ他の同期の子たちも積極的に羽依に絡まなくなった。制服に着替える前、新しい私服を着ていくと非難がましい目つきで見られる。当番制の掃除のチェックが異様に厳しくなり、やり直しを命じられることもあった。

最近では仕事で聞きたいことがあってもつっけんどんにしか教えてくれないので要領が分からず、ミスが増えて無能だと叱《しか》られることまで出てきた。男性社員も羽依がいけずされている雰囲気に気づき始め、好奇心たっぷりの目で見てくる。

たかが誕生日プレゼントもらえへんかっただけで、いい大人がなにしとんねん。台所の手元の明かり以外なにも点いていない薄暗いリビングで、ソファに座った羽依は歯を食いしばる。でも誕生日プレゼントはきっかけでしかない。私のことを入社したときからなんだか気にくわなかった女たちが、ささいなきっかけによって団結したのだろう。

じゃあ私も好きでもない女の先輩にプレゼント渡したらいいわけ？　日頃お世話になってますから、とか言葉を付け加えて、感謝もしてないのに？

そんなしってくさいこと、恥ずかしくて、ようでけへんわ。

〝しってください〟とは、しらじらしいと似た意味の京都弁で、周りから褒めてもらったりするために自然ではないのにやり通すことだ。たとえばブランドもののバッグを、わざとロゴが見えるように持って見せびらかすような。大阪では身の程知らずにかっこつけする人間を〝イキッてる〟と言って嫌うが、京都でも同じように〝しってくさい〟人間は陰で笑われる。

恋愛のモードに切り替えたときには、周りの人たちが引くくらいの猫なで声のぶりっ子も必要に応じては平気でやる羽依だが、こと女同士の戦いとなると、一歩も退《ひ》きたくない気持ちが前に出る。

明日会社に行きたくなかった。ずっと我慢してたら逆に早く終わりが訪れる。ある日どうしても会社に行けなくなって、そのまま辞めてしまうだろう。

よし、爆発しよう。羽依は据わった目で冷たい水を飲み干しながら決意した。

翌日、業務が終了した羽依が私服に着替えていると、待ちかまえたように連中がロッカー室に入ってきて、無人だった部屋は羽依を含めて七人ほどに増えた。待ちに待ったひとときに、今日一日の憂《う》さを晴らせる喜びからか、皆心なしか顔が輝いている。ちょうど下着姿だった羽依に視線を浴びせたあと一行は、いつも通り今日の仕事の愚痴から世間話を始め、私らがこんな大変なんは誰のせいやろうと犯人探しを始めた。どうせ犯人はいつも羽依と決まっていて、今日はあそこで連絡が滞ったからやとか、入社してもうかなり経《た》つのにまだ仕事を覚えてない人がいる、とうすぼんやり羽依だと分かる特徴を口ぐちに話す。

「ほんまお洒落《しゃれ》とか男のこととかばっかり考えてる人やから、仕事の内容がいつまで経っても覚えられへんのやろね」

「同期の子らとは大違い。他の子は仕事でもお茶を出すのでも、よう気がつくわ。私も新入社員の時分は言われる前に何が必要かとアンテナめぐらして、ぱっぱと動いてたもんやけどね。なーんも気ィつかんと、ぼけーッと言われたことだけやって、平気な顔してるんやから、何考えてんのか想像つかなくて、恐ろしいくらいやわ。男の人らには良い面だけ見せるから、うまいこと騙《だま》せてるみたいやけどね」

「でも男でも見抜いてる人いるで。前原さんとか。ちょっと付き合って良くないと思たから、一回やって捨てたんやって」

笑いが起きる。よし来た、このタイミングや。

「それ私に向かって言うてんの？」

鬼の形相で素早くくるりと振り返ると、お局たちの驚愕《きょうがく》した顔があった。京都ではいけずは黙って背中で耐えるものという暗黙のマナーがある。しかしそんなもん、黙ってられるか。私はなんでも面と向かって物言うたるねん。

「私に向かって悪口言うてるんかと聞いとるんや！」

ほとんど咆哮《ほうこう》に近い羽依の怒声がロッカー室中に響き渡る。怯《おび》えた取り巻きどもが集まって固まりだしたが、羽依は一番力のあるお局だけに焦点をしぼって歩み寄った。

「どうなんやさ！」

「私、悪口なんか言うてへんで、ねえ」

こわばった笑みを顔に貼《は》り付けて、隣の取り巻きと顔を見合わせて二人でうなずいている。

「そうやんな、まさかこんな近いとこで私の悪口言うほどは根性ねじまがってないもんな」

羽依の普段の女らしい態度とは正反対の、敬語さえ使わないぞんざいな口ぶりの迫力に、お局は怒り返す勢いもなく、弱々しい笑みを浮かべたまま、「そうそう」と繰り返すばかりだった。

「言うとくけど、私は前原さんと寝たりしてないし、もちろん捨てられてもいないから。いい加減なデマを社内で流したら、パワハラや言うて訴えてやるからな！ いままでのお前の嫌みも全部持ち歩いてたICレコーダーに録《と》ってあるから、法廷出たら覚悟せえよ!!」

もちろんICレコーダーなんて持ってないし、言ってることもめちゃくちゃだが、これだけ怒ってるし何するか分からへんぞ！　という印象を相手に植えつけるのが第一だ。私がキレたら善悪関係なくお前らを殺すぞと言わんばかりの狂気をみなぎらせ、殴りかからんばかりに顔を真っ赤にして、血走った目で睨みつけてくる羽依の迫力に、全員が関わりたくないとうつむいた。陰口を叩く奴《やつ》らなんて、皆こんなもんだ。自分に危害が及ばない安全圏にいるときだけ、ばれないように石を投げてくる。

荒々しくバッグを肩に下げ、乱暴な足取りで部屋を出るしぐさをしながらも、一同がほっとしかけたところでまた戻って、もう一度念入りにその場にいた全員を睨《ね》め回した。

憤《いきどお》りに鼻孔を膨らませたままロッカー室から廊下へ出ると、上司に声をかけられた。

「羽依ちゃん、今日もおつかれやで。営業部の男連中とこれから夕飯がてら飲みに行く手はずなんやが、羽依ちゃんもいっしょにどうや」

羽依を気に入ってる上司が、お猪口《ちょこ》を傾ける仕草をしながら、陽気な大きい声で誘ってくる。以前、同じ課でもないのに祇園のビアガーデンに誘ってくれたのもこの人だ。

「そんな、私だけ飛び入り参加してもいいもんかしら」

「なに言うてんねん、羽依ちゃんおらへんと盛り上がらんわ。今夜は先斗町《ぽんとちょう》の串《くし》カツ屋行くで。羽依ちゃん串カツ好きやろ」

「大好き！　ほんなら行きましょか」

わざとロッカー室にも聞こえる大きめの返事をして、羽依は颯爽《さっそう》と会社を出た。

乾杯でビールを一気飲みしたまでは爽快だったが、アルコールが回ってくるといくら鴨川べりと言えど暑く、背中にじっとり汗がにじんだ。それもそのはず、九月中頃といっても連日三十度超えが続いて、残暑というより夏の盛りの暑さが勢い衰えず続いている。

京都に残暑なんてない、九月は夏真っ盛りと思っていた方が、精神的に楽である。京都の夏は六〜九月、秋は十月だけ、十一〜三月と冬で、四〜五月が春。このくらいの気持ちでいてこそ、色々あきらめがついて長く暮らせる。過ごしやすい季節はごく短い。

先斗町の吸い込まれそうなほど狭く細長い路地は、赤提灯《ちょうちん》が連なり、磨かれた石畳が光り、たくさんの酔っ払い客がどっと流れ込んできても、古めかしい品を失わない。今日のお店は先斗町の中間の位置にあり、中は屋内と鴨川のほとりまでせり出した納涼床に席が分かれていて、どちらも満員、予約していなければまず入れなかっただろう。羽依たちの席は納涼床で、屋根のない開放感とすぐそばを流れる鴨川のどうどうとした流れも気持ち良く、一行のテンションは乾杯をするまえから上がる。納涼床の客たちは皆お酒が入って口々にしゃべっているが、川の流れの音と混じりあって喧騒《けんそう》さえも心地よい。

この店は串カツとワインの組み合わせを売りにしていて、実際に注文して食べてみると美味《おい》しく、とくに牛カツと赤ワインの相性が良かった。お通しが切り子の美しい小皿にのせた酢の物で、きゅうりを青もみじの形に切ってあるのが夏らしく涼しげだ。

お手洗いから戻ってきた羽依がポーチをバッグにしまっていると、梅川が遠い席から寄ってきて、まあどうぞと羽依に瓶ビールを勧めた。近江舞子でちょっと話して以来、ちらちら見てくるなぁとは思っていたが、羽依の周りから人の引いた一瞬の隙《すき》を狙《ねら》って隣に座る早業に、ぼんやりが確信に変わった。

「梅川くん、今日はけっこう飲んでるんやね」

「課長、奥沢さんの状況に気を揉《も》んでて、〃いけずされて羽依ちゃんが辞める言い出したらどうしよ〃言わはるから、うちの課の連中も〃それはあかん〃て言うて、〃ほんならまた飲みに誘お〃ってことになって、今日は仕事終わったあとも帰らんで、奥沢さんがロッカー室から出てくるの待ってたんや」

課長の優しさにほだされて、胸が熱くなってゆく。私を嫌いな人もいれば、好きな人もいる。みんなに好かれるなんて無理。当たり前のことなのに、ときどき憔悴《しょうすい》するほど傷ついてしまうのは、自惚《うぬぼ》れがあるせいだろうか。

「奥沢さん、えらい人気やね。まあ、あんまり深く悩まんとき。男は深く考えてないで」

梅川のいたわりが優しく胸に染《し》みていくなか、なるほど同性の女の人らが私に腹立つのも分かるわ、と合点がいった。べつにいじらしく耐えてたわけでもない、ついさっきタンカ切って青筋立てて詰め寄っていたくせに、いまではか弱いふりして男に慰められている。いけずしてる子たちのなかには、前原さんを本気で好きな子もいたのかもしれない。なんでいつもあの子だけがちやほやされるの、と思うのだろう。

はははは、愉快愉快。

声にこそ出さないものの、羽依はお腹《なか》のなかで腹筋を使って笑い、

「とりあえず、難儀なことは忘れて飲みましょか」

と熱のこもった眼差《まなざ》しで見つめてくる梅川の視線にぞくぞくしながら、彼のグラスにお酒を注《つ》いだ。

次の日が土曜日で休みなので、羽依は夜遅くまで飲み続けて、タクシーで家に着いたのは一時前だった。暗く静かな居間で酔いの浮かれが引いてゆくと、今日会社でやらかした一連の出来事がフラッシュバックして、思わず落ち込んだ。学生のときは通じたキレ芸も、会社で通用するとは限らない。学校よりも複雑な力関係、上下関係が働いている。事前に決めていたことでもあるから実行して良かった。でも、言い過ぎたけどな、と羽依は恥ずかしさと後悔で唸った。いくら腹が立っていたとはいえ、先輩を巻き舌口調で怒鳴るなんて、常識はずれもいいところだ。みんな私が発狂したと思っただろう。

しかもそのあと女性社員たちを挑発するように、男の人たちと飲みに出掛けたのは、どうだっただろう。火に油を注いで会社中の女性社員たちから総スカンを食らうかもしれない。仕事を続けていけなくなるくらいに……。

「あんた、電気も点けずにこんな暗いとこでなにしてんの」

風呂上がりでバスタオルを濡《ぬ》れた頭にくるりと巻いた綾香が、おびえた様子で居間へ入ってきた。

「酔いざまし。暗い方が落ち着くねん」

ソファにだらしなく座ったままの体勢で羽依が答えると、へえと綾香は返事して台所でコップに水をくんだ。

「誰と飲んだん」

「会社の男連中と。上司も同期も交えて。十人くらいいたけど、女は私一人だけやった」

「なんや豪勢やねえ。私やったら物怖《ものお》じしそうやわ」

綾香は感心してるとも呆《あき》れてるともつかない声を出したあと、喉《のど》をならして水を飲んだ。綾香も台所の手元灯しか点けなかったため、居間は相変わらず暗いままで、蛇口の中に残る水滴がシンクに、ぱたり、ぱたりと落ちている。

「姉やんはなんでずっと同じ職場に居続けられるの？　私は無理そうやわ、人間関係うまいことできひん」

「なんで。飲みに行くくらい会社の人と仲良いねんやろ」

「男とはな」

「私かって図書館みたいな呑気《のんき》な職場やからこそ長く続いてるけど、羽依ちゃんの会社みたいなバリバリの大企業やったら無理やったと思うわ。優秀な社員同士の競争もあるやろしねえ」

「いうほどバリバリの大企業でもないし、私はただの一般職のＯＬやし」

自嘲《じちょう》しながらも、久々に自尊心をくすぐられる。そうや、私はあの会社に入れたことが自慢やったんや。要領と愛嬌《あいきょう》で学生時代だけでなく社会に出ても良い位置につけた自分が誇りやった。風当たりのきつい生き方でやってきたから、認められたのが励みになって、初めてだらけの業務にヤル気だけで飛び込んでいった。

「私、女の人から嫌われるオーラでも出てるんかなぁ。もっと仲良くやっていきたいのに、もめることが多い。同性の友だちも少ないし」

「私ら三姉妹やけど仲良うやってるやん。男とか女とか関係なく、羽依ちゃんの中身を好きになってくれる人と仲良くなったらええ」

「そやな」

「まあ、無理しいひん程度にがんばったら」

「そうする」

やっぱり、辞めへん。私には応援してくれる人がいるもん。負けるもんか、来週から引き続きサバイバルや。

決めてしまうと妙にせいせいして、ソファに仰向けで寝っころがった。

「そういえば、飲みのときに姉やんの話になったで」

「私？」

「羽依さん兄弟はいるの、って聞かれたから〝三姉妹です〟って言ったら、みんな色めきたって。〝どんなんや〟って聞いてくるから、〝はあ、一番上の姉が三十一歳でおっとりしてます〟って答えたら、宮尾さんが食いついてきてね。あ、宮尾さんて営業部の人で独身で三十九歳の人ねんけど。〝ぜひ一度お姉さんにお会いしたい〟ってそれからしつこかったわ、適当にあしらっておいたけど」

羽依は姉からの「いやねえ」などの笑いを含んだ返事を待っていたが、綾香は無言だ。羽依が上体を起こしソファの背越しに綾香の様子を窺《うかが》うと、頭にうず高くタオルを巻いたままの姿で直立し、羽依を凝視していた。タオル地の、ピンクと白の縞《しま》模様のワンピースはノースリーブで、湯上がり洗いたての綾香の丸い肩は、つやつやと光っている。

トシとか独身とか、姉やんについて詳しいことを会社の人にばらしすぎたかなと、あわててフォローの言葉を考えていると、

「会うわ」

綾香が口を開いた。

「へ？」

「宮尾さんていう人と会ってみるわ」

「そう？」

綾香はもう一杯水をくむと、今度は一気に飲み干した。

綾香はがんばっていると、だんだんミッフィーの顔つきになってくる。もともと色白でちょっと四角い大福顔につぶらで真剣な瞳《ひとみ》、きゅっと引き結んだ小さな唇を合わせると、口をばってんで表したあのうさぎのミッフィーそっくりの面相になる。ミッフィーは姿見を見ながら着物の衿《えり》を合わせていたが、不意に何もかも嫌になってしまい、帯締めを解いて着物を脱いだ。

畳の上に広がる小紋はこれで四枚目、どれもひさしぶりに箪笥《たんす》の奥から引っ張り出したせいで樟脳《しょうのう》の匂《にお》いがしている。クーラーを弱くつけているため小部屋は涼しいはずだが、綾香の白い肌襦袢《はだじゅばん》の背中はしっとりと汗で湿っていた。立ち尽くした綾香は鼻で息をしながら、足元の絹の海を見下ろしていたが、しばらくすると半開きのままの箪笥の最下段を全開にして、たとう紙にくるまれた着物を、また一から順に選び始めた。待ち合わせの正午まであと二時間しかない。着物のコーディネートが決まらないせいで、朝から準備を始めたとは思えないくらい、スケジュールがおしている。

本当は誰にも内緒で宮尾さんと会うのを進めたかったのだが、なにしろ話を持ってきたのが羽依、彼と会いたいと言った翌朝には「姉やんヤル気やで」と家族全員が揃《そろ》う食卓で報告した。ヤル気って何がや、と聞いてきた両親に羽依が説明すると、まだどうなるか分かったわけでもないのに、家の人々は一気にテンションが上がり、ええやん綾香ちゃんよかったやん、ひさしぶりにできる彼氏やな、年齢からいって結婚もあるかもな、と急ぎすぎの祝福ムードに包まれた。

まだ会ってもないのに盛り上がらんといて、と綾香は家族をたしなめたが、予想外なほどの好反応にひそかに傷ついていた。口には出さないものの、みんなが心配していたことが、ぱっと明るくなったそれぞれの顔を見て、よく分かったからだ。

とくに母の喜びようは大きく、約束があるからもう家を出なきゃ、と急いでいる羽依をしぶとく捕まえて、宮尾さんがどういう人か詳しく聞いていた。綾香は呆れて関心の無いふうを装《よそお》いながら、二人の会話をばっちり聞いていた。

宮尾俊樹さん、三十九歳、独身。ここまでは昨夜の段階で聞いて知っていたが、密《ひそ》かに気にしていた結婚歴は相手になく、背は一八〇センチ近くと長身、会社でも活躍している方だという。

「なんやモテそうな人やね。なんでそんな人が四十近くまで独身なん？」

綾香の聞きたいことを母が聞いてくれた。

「うーん、まあ女の人と付き合った経験くらいはあるやろけど、モテてる感じはないなぁ。べつに変な人やないねんけど、接してると独身の理由もなんとなく分かってくる感じ。たぶん会ったら分かるよ」

「変わり者なんか」

「変わり者っていうか、はにかみ屋なんかなぁ、いい風に言うと」

「顔が原因、それとも太ってるとか？」

「もっとヤバい顔の人はいっぱいいるよ。身体《からだ》もどっちかというと痩《や》せてる」

「ええやん、綾香。もちろん会ってみな分からんけど、羽依と同じ会社で身元もはっきりしてるし、好物件やろ」

私もう行くし、と羽依がダイニングテーブルの椅子《いす》から立ち上がり、普段よりトーンの高い母の声に、綾香は苦笑いして首をかしげた。

「あ、姉やん、宮尾さんに空いてる日聞いとくわな」

ダイニングを一旦《いったん》出ていった羽依が、思い出したふうにドアの向こうから顔を出し、綾香は平静を装って「分かった」と答えたが、顔が抑えようもなく熱く赤くなってゆくのを感じた。

翌日、初デートの際に何を着ていこうかという話を綾香が羽依に相談していると、聞きつけた母親がまじってきた。綾香が冗談半分に「まあ私が一番上手に着れるのは着物やけどなぁ」と言うと、

「ええんやない？」と母が乗ってきた。

いまは亡《な》き母方の祖母に基本を教えてもらい、大人になってから教室に通い始めて磨いた綾香の着付けの腕は、いまでは自宅でお教室が開けそうなほど上達していた。財布の問題でしょっちゅう着物を買うわけにはいかなかったが、かわりに着物屋さんにちょくちょく行っては、値段の張らない半衿や帯締めを買い集めるのが綾香の趣味だった。

「着物は張りきりすぎの気もするけど。男が本気度にビビるかも」

羽依の言葉に綾香がうなずきかけるも、

「そんなことないやろ。第一印象は大切やで、一番綺麗《きれい》な綾香ちゃんを宮尾さんに初めに見といてもろた方がええやない」

母の反論にまた心が揺らぐ。

「着物着て行ったらまるでお見合いみたいやん。あくまで気軽な感じで一度会ってみよって話やのに」

「着付けが趣味なんですよ、って最初に言っておけばそう不自然でもないと思うけどねぇ。それに三十九歳と三十一歳が会うんやから、いくら気軽にと言っても品格は必要やろ」

母の言葉を綾香は無言で肯定する。羽依の言う通り、確かに着物はやりすぎかもしれない。でも綾香にはあんまり気軽に会われても困るという気持ちもあった。お試しでちょっと付き合って、相性次第では別れるという恋愛はもうしたくない。望むべくは結婚だ。できるなら何度か会って、相手のプロフィールを吟味して、その次の段階では結婚するかしないか決められたらどんなに心安いか。つまり綾香は見合い結婚がしたいのだった。実のない恋愛をしてまた傷つくのは恐いし、なにより時間がもったいない。母も綾香と同じ気持ちでいるのか、不思議なほど話が合った。

羽依はいつの間にか三人で話していた居間からいなくなった。母娘は畳の小部屋へ移動して、箪笥を開けて着物を吟味した。奥沢家に集まってきた着物は種類も様々だが、由来も様々で、親娘三代の長年の歴史を背負ってきたため、収納された箪笥はいささか気配がじっとりと湿っている。祖母が嫁入りのときに曾祖父にもたせてもらった着物、隣の家が機屋《はたや》だったとき、近所付き合いも兼ねて買った帯、曾祖母のお葬式で半ば強引に形見分けしてもらった着物……。凜など「なんとなくこわい」と言って、子どものころから、箪笥のある和室には近づかない。

大胆なデザインが多い昔の着物に対して、綾香が近年給料で買った小紋は、桜の花びらなど柄が小さくて、色も淡いピンクやグレイでシックだ。

「この黄色の紬《つむぎ》を着ていったらどう？　刺繡《ししゅう》の半衿と合わせて。まえ綾香ちゃんが二条城行ったときこれ着てて、よう似合ってたわ」

「ほんま？　あのときのコーディネートやと、帯はこれやってんけど」

綾香がグリーンの若松の帯を取り出すと、母はむつかしい顔をしてじっと眺めていたが、

「ちょっと地味ちゃう。色味も帯の方が暗くて合ってへんし。西陣の唐織、あれはどこにしまったっけねぇ、一番上かしら」

母が立ち上がって最上段の箪笥の引き出しを開ける。

「唐織の帯は華やか過ぎない？　二十代のころならまだしも、いまの私が締めると浮きそう」

「なに言うてるの、よう似合うはずや。あんたの年で地味な着物はあかん。下品なほ

ど派手な原色の着物はやめといた方がええけど、せっかく着るなら明るい色で女らしい、はんなりした風情《ふぜい》のものを着た方がええんちゃう？　知らんけど」

母親は語尾に〝知らんけど〟とつけるのが口ぐせだ。断定した物言いを避けたがる、いかにも関西風の口ぐせで、ほかの関西人も使うが、母はとくに多い。綾香は〝なんだか〟の意味で〝なんや〟とよく言うが、これもニュアンスをぼんやりさせる言葉だ。

「あったあった、ほらこの組み合わせ、素敵やろ。今昔をうまくミックスすると、味が出てくるんよ」

玉子焼きみたいな黄色とクリーミィな白の紬の着物に、母が掘り出してきた、小花が飛んでいるちょっと金の混じったオレンジ色の帯をのせると、ぱっと目を引くモダンなコーディネートになった。

「ほんまや、素敵ねえ」

「これで待ち合わせ場所行ったら、宮尾さんもびっくりしはるわ」

相手をびっくりさせるのが会う目的では無いんやけど……と思いながらも、この組み合わせの着物を着て颯爽と登場する自分の姿を想像して、胸が高鳴った。

待ち合わせ場所も地下鉄京都市役所前駅の改札前の予定だったのが、冷房がきいて椅子もあるからと理由をつけて京都ホテルオークラのロビーにレベルアップして、着物が皺《しわ》にならないよう、自宅にタクシーを呼ぶ手はずも整えた。

しかし当日になって、いざ姿見の前に立ち、着物の着付けを始めると、どれもしっくりこなくて途中で帯締めを解いてしまう。母と決めたときはベストだと思った着物は、とっくの昔に「やっぱり派手すぎて絶対に無理や」と候補から外れていた。綾香としては二条城に着ていった組み合わせが一番良いと思うのだが、母の、帯が地味すぎる、色味が合ってないという言葉を思い出し、どうしても着けてゆく気になれなかった。

えいっと、やけくそで手に取った着物と帯を合わせて、姿見の前に仁王《におう》立ちになった。チェック柄の着物、悪くない。いい具合にカジュアルだ。しかし着物を着ておいてカジュアルだなんて言い訳はできるのだろうか。

だめだ、やはりどこか重い。羽依の言葉の方が正しかった。着物を着てゆく勇気が出ない。ため息をついて帯を解くと、着ているときよりよっぽど気分が楽になった。ただでさえ着物は締めつけが苦しいのに、緊張も加算されて呼吸も満足にできていなかった。

「もうこれでいいや」

手持ちの着物をほとんど合わせたあと、汗だくの綾香がクローゼットから引っ張り出したのは、焦《こ》げ茶に黒い水玉模様のワンピースだった。ポリエステル素材で透け感があり、胸元のシャツ部分には小さなボタン、ウエストにはりぼん結びできる細いベルトがついている。膝《ひざ》丈のスカート部分の裾は歩く度にきれいな曲線を描く。ま、普通のワンピースだ。上等な分、品はあるが、いかにも地味で、これを着て髪を一つに束ねると綾香は昭和が舞台の映画に出てくる国語教師みたいになる。

着ていて一番落ち着く服。綾香は温泉旅館の名前が入ったタオルで身体中の汗を拭《ふ》くと、腿《もも》の真ん中まで丈のある黒いインナーを着て下着を透けないようにしてから、ワンピースをかぶった。着物を着ると思って未チェックだった脛《すね》毛が気になるところだが、つい最近剃《そ》ったし、まだ見苦しくはないだろう。

装飾品に凝っている時間はなかったが、はっと思いついて鏡台のまえに飾っていた、乳白色の光沢があるシェルのロングネックレスをつけて、顔回りを引き立てた。

黒革のショルダーバッグを肩にぶら下げ、息せき切って部屋から出ると、玄関でちょうど帰ってきたばかりの母と鉢合わせした。日舞の午前の稽古《けいこ》に行っていた母とは会いたくなくて早く家を出るつもりが、もたもたして算段が狂った。

「母さん、おかえり」

「ただいま。あれ、綾香着物は？」

思っていた通りのことを聞かれた綾香は気まずい思いで、「じっさい着てみたら派手すぎる気がして……。樟脳の匂いも気になって……」としどろもどろに口ごもった。

「そうか。ほんならやめとき」

母は夢から覚めた顔つきでうなずいた。

「母さんも日舞の帰り道の間、ちょっと考え直してたんよ。着物を着ていくのは、もうちょっと後でもええんやないかと思て。知らんけど」

「うん。いってきます」

綾香は玄関の石畳にハイヒールで器用に飛び移り、待たせていたタクシーに乗り込んだ。

彼の膝にのっていた両手が固めのこぶしを握りしめているのを見て、綾香は着物を着てこなくてよかったと思った。

宮尾さんは三十九歳にしては驚くほど老《ふ》けているわけでもなく、むしろ無駄な肉の無い縦長の頬は若い印象で、大きな背丈や手のひらはスポーツをたしなむ雰囲気でたくましく見えた。なのになぜだろう……どこか違和感がある。服装もシャツにチノパンでいたって普通だし、話すときの表情も、若干綾香を観察する目がきょろきょろ動きすぎてはいるが、それはお互い様だ。ただ背が高いだけではなく、なんというか、骨が大きい。特に肩の骨が大きくて幅があり、手足も長いのに、あんまりスタイルが良いように見えないのは顔が大きいせいだろうか。サイズだけではなく、顔、というか頭周りに違和感があるけど、なぜだろう。

ああ、坊主《ぼうず》頭なんだ。地肌が光るほどではないけど、極端に短いスポーツ刈り。四十歳近い人がするには、めずらしい髪型だ。

ホテルを出て、宮尾さんが予約したという店でランチを食べるとなったとき、陽の光の下の彼を見て、ようやく分かった。髪の毛の全体を五ミリぐらいに刈り込んでいる宮尾さんは顔同様に頭の地肌まで日焼けして浅黒い。禿《は》げてつるつるなわけでもないし、よくある髪型だから違和感というには大げさすぎるのだけど、綾香の人生には高校生の野球部員のように五分刈りにした大人の男性はいままで登場したことはなかった。

私、男の人の髪の毛って、けっこう好きだったんだなぁ。長すぎるのはいやだけど、前髪がまったく無いのって風情に欠ける。男にとっても、髪は色気やないかしら。

京都市役所前のバス停で宮尾さんとバスを待ちながら、こんなどうでもいい、とりとめのないことを考えてしまうのは、綾香がひさしぶりのデートに極度に緊張しているせいだった。

　レストランに着き、ランチのコースを食べながら、宮尾さんは朗らかながらもたくさんの質問を綾香にぶつけてきた。趣味はなんですか？　スポーツはお好きですか？　サラダの中のポテトのソテーを食べながら、または子羊の肉をナイフで切りながら、質問に答えるのは難しかったが、口のなかに物があるときはちょっと待ってもらってから答えた。

　分別ある大人同士の会話として、ところどころ相手を褒めながら和やかに会話は進むが、その一方で綾香は、自分たちはまるでお互いのお尻《しり》の臭いを嗅ぎあってる、散歩の道でばったり出くわした犬同士みたいだ、という思いもあり、気恥ずかしさを抑えるのが大変だった。


　居間のソファに座って待機していた母親と羽依は、帰ってきた綾香のぼーっとした表情を見ると、不安げな顔つきになった。

「綾香ちゃん、おかえり。けっこう長いこと出掛けてたんやね」

「ふん。宮尾さんと晩ご飯も一緒に食べたから」

「あらぁ、そうなん」

宮尾さん、どんな感じやった？　うまくいきそう？　と質問したい母親と羽依だったが、率直に聞きづらいオーラが綾香から漂っている。

「なんか食べるもんない？」

「なんでや、晩ご飯食べてきたんやろ」

「満腹まで食べたんやけど、なんや勢いづいたんか、帰り道ちょっと歩いたらまた減ってきたわ」

「ほんなら私が当番で作った焼きそばがまだあるから、食べたら」

羽依の作る夕食は、ほとんどがフライパン一つで出来上がる。焼きそば、焼きめし、野菜炒《いた》め、麻婆《マーボー》豆腐、目玉焼きとかりかりベーコン、マヨチキン……。どれも早く出来る上に洗いものもほとんどない。手際《てぎわ》の良さを考慮した結果ではもちろんなく、料理なんて時間の無駄、そこそこおいしいものを簡単にこさえて、お腹いっぱい食べたい、という欲の現れだ。

綾香はため息をつきながらフライパンに残っている、輪ゴムみたいに伸びた焼きそばを皿に移し替えて、電子レンジで温めて食べた。地味すぎる見た目に反して、意外においしい。羽依は新しいメニューを作って冒険しない代わりに、いつも安定した出来を保っている。

「羽依の作る焼きそばって、屋台で食べる焼きそばにそっくりで、おいしいね」

「うん、真似《まね》てるもん。野菜や肉を本当にちょっとだけ入れて、麵《めん》はほとんど水を入れずに油をいっぱいしいて短時間でカリカリになるまで焼くねん。具と麵は別々に炒めて、あとで混ぜる。からしとマヨネーズをかけると、さらに屋台っぽくなるよ」

「へえ、どんな味になるんやろ、試してみるわ」

綾香が冷蔵庫の扉を開けて、からしのチューブとマヨネーズを取り出した。

「宮尾さん、どうやった？」

とうとう羽依が聞いた。綾香はしばらく何も答えられなかったが、考えを整理していたわけでも言葉を選んでいたわけでもなく、本当にただ何も感想が思い浮かばないせいだった。

「……ええ人やったよ、とても。初めて会うにしては、話も弾んだし」

「へぇ、それはなにより。けっこう相性が良いんちゃうか。知らんけど」

「相性ねぇ」

うきうきした母親の口調に、綾香が考え込む。

「なんや、相性が良い感じはなかったんか」

「そんなことは無いけど」

よう分からへん、だってまだ他人同士やもん、という続きの言葉を綾香は飲み込んだ。

「三十九歳で未婚のわりには、悪い感じはない人やろ、宮尾さん。ワケありで残ったんやなくて、仕事頑張っててなんとなく縁が無くて現在に至った、って感じの人。うちの会社、ほかにも独身男性はいっぱいいるけど、宮尾さんくらいやで、姉やんに紹介できる人」

羽依の宮尾さんプッシュになんの異論もなく、綾香は「ほんまそうやろね」と頷《うなず》く。彼のような男性を紹介してもらえた自分は、きっとラッキーな部類に入るのだろう。

風呂《ふろ》に入る気にもなれず、自室で中学生の頃から使っている学習机に座ったまま、今日の一日の動きを回想した。

昼食を食べたあとは何をするかすぐに決まらなくて、映画を観《み》ようとなり上映時間を調べたがうまく合わず、結局旧小学校の跡地にあるマンガ博物館へ行った。新旧のマンガが約三十万点も揃い、好きな場所で読むことのできる、めずらしい施設だ。綾香が図書館員なので興味があるんじゃないかと宮尾が配慮してくれた結果だった。確かに小学校を丸ごと図書館にして、年代や出版社などを越えてあらゆるマンガを集めた開架書架は綾香の興味を引き、二人は思い思いのマンガを手に取って校舎前の芝生に座って読みふけった。日が暮れると一気に寒くなった芝生のグラウンドを後にして、八坂神社近くまで歩き、宮尾さんの好きな店という、おでんがメインの居酒屋に入った。ふり返ってみると、今日一日で三条から祇園界隈《かいわい》をずいぶん歩き回ったことになる。マンガ博物館から居酒屋までの道のりは、さすがに綾香も緊張と体力切れで疲れて、途中からほぼ無言だった。宮尾は歩幅が大きく歩く速度が速かったが、綾香が遅れ気味なのに気づくと、なにも言わずに合わせてくれた。

赤提灯《ちょうちん》と旧型の赤い郵便ポストが店先で迎えてくれる居酒屋は、宮尾の行きつけの店だけあって、注文もスムーズに進み、薄い関西だしのおでんや魚の煮つけといったメニューも美味《おい》しく、昼間のイタリアンレストランよりもくつろげた。

デート自体はまずまずの出来だった。緊張しすぎて何かやらかしたらどうしようかと不安だったが、自分も宮尾さんもさすがに十代のころのデートとは違い、初々《ういうい》しさに欠け、その分余裕があった。

一番気になるのは「宮尾さんをどう思っているのか」という自分の気持ちだったが、摑《つか》もうとすればするっと逃げてしまう儚《はかな》げな感慨があるばかりで、自分のことなのによく分からず混乱した。強いて言うなら、一回会っただけでは、まだなんにも分からへんわ、というのが正直な感想だろうか。

宮尾さんさえ乗り気であれば、このままデートを重ねたいし、結婚も考えてゆきたい。ただ実際に会うまでの間に胸の内にたぎっていた、従来の古式ゆかしいお見合いのように、何度か会うだけで付き合わずにすぐ結婚するかどうか決めてほしい、という思いは失《う》せていた。

「なんや、恋愛小説とはえらい違うなぁ」

なんの縁もゆかりもない人と、自分は同じ屋根の下に住んで、子どもを作って、一生一緒に暮らすのか。いや、れっきとした家族からの紹介で始まった出会いだし、縁はある方なのかもしれない。大体大学生のころ、単に校舎の廊下ですれ違っただけの男子学生に一目惚《ぼ》れして、なんとか知り合えないか友達の友達をたどって図々《ずうずう》しくも紹介してもらったことがあったのに（そのお目当ての人とは何度かグループで遊ぶことはできたが、結局二人で会うまでは進まなかった）、宮尾さんを他人呼ばわりするのは勝手すぎる。彼が私に興味を持ち、私も彼に興味を持ち、羽依ちゃんの力添えもあって、ようやく成立した出会いだ。

「姉やん、お風呂上がったで」

部屋のドアを開けて凜が呼びに来た。寝るときは家族で唯一《ゆいいつ》昔ながらのちゃんとした上下揃いのパジャマをつける凜は、今日は白地に青のチェック柄が入ったパジャマを着ていた。

「うん、すぐ入るわ」

綾香は椅子に座ったまま、声だけは明るく返事したが、凜の心配している様子が伝わってきた。母親や羽依と違い、凜は綾香と宮尾の付き合いの行く末ではなく、綾香自身の気持ちを心配してくれていそうで、綾香は話を聞いてもらいたくなった。

「今日は疲れたよ、ひさしぶりのデートで。しかもけっこうな距離を歩いてん」

「うん、おつかれさま」

凜はバスタオルで濡れた頭を拭きながら、綾香のベッドの端に腰かけた。耳がかろうじて隠れるくらいのショートボブの凜は、ドライヤーで髪を乾かす習慣がなく、いつも自然乾燥だ。

「初対面やから緊張するかと思ったけど、さすがに大人同士やったから、話はスムーズに進んだわ。デートの行き先もまぁ、無難なとこでとりあえずおいしいもん食べて。楽しいと言えば楽しかったんやけど、お互い妙に器用なせいで、相性良いか悪いか、よく分からへんまま終了しちゃった。今も、相手にときめいたかどうかより、今日一日ぶじにやり遂げてほっとしたやら疲れたやらの感想の方が大きい。こんなんで、二人の間になにか特別な関係性が生まれたりするのかなぁ」

凛は困った表情で綾香の言葉を聞いていたが、自分の意見が求められている空気に気づき、口を開いた。

「相手が乗り気やったら、早めに進むんちゃう？」

「宮尾さんも私と会ってはしゃいでるというより、淡々とこなしてるというか、クールにしてる風に見えたなぁ。あの人が私を好きになって情熱的に迫ってくるところが、なんか想像できない」

「姉やんにとって、好きになるならないって、重要やねんな」

なぜか顔を赤くしながら凛が答える。

「当たり前やない？　好きな気持ちが無ければ男女の仲なんか始まらへんもの」

しゃべりながら、綾香は凛が段々うつむき加減になっているのに気づいた。そういえば凛から、誰々を好きになったとか、彼氏ができたとかいう話を聞いたことがない。家族内のイメージでは、凛はいつまでも末っ子の小さな凛のままで、高校時代も浮いた話はなくハンドボールの部活に放課後を費やす凛の姿に羽依は、「あの子は変わりもんや」などと軽口を叩《たた》いたが、いまでは凛ももう大学院生だ。

「もう一時か。夜中にいきなり相談し始めてごめんな。私お風呂入ってくるわ。凛はもう寝」

急に姉らしさを取り戻した声で綾香は言い、立ち上がった。もしかしたら凜は、誰かを好きになったことが一度もないのかもしれない。だとすれば自分の生々しい話を打ち明けて凜を戸惑わせるなんて、姉のすることじゃない。当たり前だけど、今日会ったばかりの宮尾さんとの関係性より、子どものころからずっと可愛《かわい》がってきた妹の気持ちの方が大切だ。

凜はしばらく黙って髪の毛を拭いていたが、

「私はよう分からへんけど、姉やんがそこまで真剣に考えることのできる人に出会えたのは、良かったなと思うな。箸《はし》にも棒にもかからん人やったら、悩む前に結論出ちゃうと思うし。気になってるから、色々考えてしまうんちゃう」

図星をさされて綾香の体温は急激に上がった。

「うん、確かに私は石橋を叩いて渡るタイプで、良い兆候が見えたときでも色々考えてしまうからな」

動揺を隠そうと、冷静に自分を分析している言葉を口に出すが、声がうわずっているせいでばればれだ。凜はそんな姉をからかうこともなく「おやすみ」と自分の部屋へ帰った。

凜の言う通り宮尾さんが気になっているから、私はずっと考えてしまうのかもしれない。一階へ続く薄暗い階段を降りながら綾香は考えた。でもまだまだ若い凜には想像もつかないだろうけど、私には「今回を逃したら、次は無いかもしれない」という思いがなにより一番強くあって、相手と自分は合っているのかを判断するときに、だいぶ重圧になっている。一生独りかもしれない将来の不安を考えれば、相手が誰であれ自分を受け入れてくれるなら一目散に駆け出してゆきたい気持ちと、打算的な思惑にとらわれて心の通じ合っていない人と一生一つ屋根の下で暮らす選択をする愚かさは回避したい気持ちが交錯する。唐突に、肉をくわえたまま川の水面に映る自分を眺めて、「あっちの肉も欲しい」と思っている犬の姿が頭に思い浮かんで、胸が苦しくなった。

こんな風に気持ちが切迫してしまうのは、過去の恋愛の記憶の影響があるかもしれない。

真剣に交際していた元恋人は、初めの頃こそ愛情たっぷりで、結婚の話まで出ていたものの、終わりの頃は笑顔もほとんど無く、無気力で、携帯ばかりいじっていて、綾香との温度差が広がっていくばかりだった。いまではソファに座ったり寝転がったりして携帯を見ていた彼の後ろ姿しか思い出せない。すごく視野の狭い人に見えたけど、携帯は彼にとっては唯一私以外の外の世界とつながっている小窓だったのだろうか。

彼との付き合いの影響で、忙しいから疲れてるんだ、と男が口にし始めるようになるのが、こわい。本当に疲れて忙しいのか、ただ会っていても気分が弾まないから言い訳にしてるのか、分からなくなるから。

「元気ないね、どうしたの？」と聞いた返事が「疲れてるから」「忙しいから」だった場合、まさか「うそでしょ！」と責めるわけにはいかない。付き合い始めは同じように忙しそうな日々でも、私に会うとテンションが上がっていたのに。男の人も、もう好きじゃなくなったから、そろそろ別れたいから「疲れた」「忙しい」と自覚的に言っている場合と、本当に体力のゲージがもう無いから「疲れた」「忙しい」と言っている無自覚な場合がある。どちらにしても、横にいる女は気づいてしまう。分かりたくないのに、すっかり分かってしまう、相手との温度差を。なぜならどんなに疲れていても自分は、愛《いと》しい人に会えたらすべて吹っ飛ぶほど幸せになれるから。逆に相手が本当に忙しすぎて疲労困憊《こんぱい》している場合、女はどれだけ待たされても、放っておかれて隣でぐうすか寝られても、不安にならない。

束縛が激しい、嫉妬《しっと》深いと疎《うと》ましがられている女の人を見る度、綾香は共感して同情する。違うのに。あなたのセンサーは正常なのに。不穏な影を察知して、敏感な犬のようにキャンキャン吠《ほ》えているだけ。仕事を言い訳に距離を置くくらいなら、短い別れの言葉と共に、きっぱりと目の前から消えてくれる方がよっぽど助かる。はっきり言えない自分の弱さを隠して、会社に身体を弱らされているふりをされたら、もう諦《あきら》めるしかない。

宮尾は多忙自慢をくり広げることもなく、デート中に「お時間は大丈夫ですか」と何度か尋ねても「今日は僕は綾香さんと会う以外、なんの予定もないです」とのんびり終日いっしょにいてくれた。しかしいつ、休日でも仕事が忙しいせいで会えない、と言い訳してくるか分からない。やたら忙しそうな人間を嫌いつつ、その裏返しとして綾香は、自分が会う価値もないほど退屈な人間だと相手に判断されて、仕事を理由にフェイドアウトされるのを恐れているのだった。

翌々日、会社から帰ってきた羽依が半ば呆れ顔で、白い封筒を渡した。

「宮尾さんから。連絡先も交換してなかったんやって？　宮尾さん、えらい慌《あわ》てては ったわ」

封筒には宮尾さんの名刺と小さなメッセージカードが入っており、名刺には「営業部課長代理」とあった。カードにはメッセージと携帯番号、携帯メールアドレスが書いてあり、図体に似合わず小さく几帳面《きちょうめん》な字体に、これが宮尾さんの字か、意外やなと綾香は胸をつかれる思いをした。

〝楽しい時間をありがとうございました。機会があれば、またどこかへご一緒したいです。どうぞよろしくお願いいたします。〟

宮尾とのデートをどんなものだったか測りかねていた綾香だったが、楽しい時間だったと書いてあるのを見た途端にうれしい気持ちが湧《わ》いて、そうだ、私も確かに楽しかった、滅多にないほど幸せな一日だった、私もまたご一緒してみたいです、と、メッセージに向かって何度も頷いた。

まさかこれほどビビッドな反応が返ってくるとは。凜が志望している企業が東京都内の菓子メーカーと知ったとき、入社案内のパンフレットを置いたコーヒーテーブルの向こう側で、母親が泣き出した。父に至っては凜のたどたどしい説明の言葉を憤《いきどお》りの表情で遮って、「もういいから、考え直しなさい」と言ったきり、まるで凜の意思表明など無かったかのように、新聞を読み始めた。凜は何がなんだか分からない真っ白な頭のまま、テーブルの上のパンフレットを片づけ始めたが、次第に顔が熱くなり、涙が目頭にふくれ上がってきて「私はあきらめへんから」と一言つぶやくと、居間から荒々しい足取りで出て行った。

一体何が起こった？

ついさっきまで両親はにこにこと、凜の就職先について話していた。綾香のときは就職氷河期で新入社員を取る枠自体が少なくて大変やったけど、凜の場合は大丈夫そうやね、と母は言い、教授が良い就職先を紹介してくれそうやねんと凜が言うと、それは良かったな、凛が院でがんばってた成果やな、と父も誉《ほ》めてくれていたではないか。しかし紹介してもらう先が東京だと伝えると、居間の空気が一気に凍りついた。凛も薄々、京都を離れて遠い地へ行くと言い出せば物議を醸《かも》す気がして、いままで一言も別天地へ移りたい心持ちでいると両親に言ったことはなかったが、ここまで一刀両断に拒否されるとは思っていなかった。

志望理由さえ聞かれなかった。凛は自室の机に伏して、結局両親が表紙すら見なかったパンフレットを抱きかかえながら涙を垂らした。院に入ったころから二年後には上京して就職したいと考え、バイオの研究を頑張ってきた。教授も認めてくれて、どちらかと言えばイレギュラーな形で大手の菓子メーカーへの就職を斡旋《あっせん》してもらえることになったのに。

家族と離れたいから遠い就職先を選んだのではないのに。なにも海外に永住を決めたとか京都には二度と帰ってこないと宣言したわけではない、同じ日本国内の首都に仕事しに行きたいと言っただけで、親に泣かれてしまった。元来奥沢家は保守的なところがあって、父と母も幼なじみ同士のご近所で結婚したし、親戚《しんせき》もほとんど京都か他の関西圏で、上の二人の姉も京都の外で就職したいとは言い出さなかった。

子どものころは休みに入ると家族でさまざまな場所へ旅行に行き、東京ディズニーランドへも三度ほど出かけたが、どこへ出かけても家へ帰ってくると両親は「やっぱり家が一番や」と言い合いほっと一息つくのが定着していた。二人がこの土地に愛着があるのも、子どもを大切に育ててきたのもよく分かる。しかし出て行くとなるとここまで拒否反応を示すのは異常としか思えない。凛は怒りにまかせて椅子に座ったまま、壁を足でどんどんと蹴《け》った。子どものころと怒りの表現方法がまったく変わっていない自分に対して（こんなんでほんまに東京でやっていけるんやろうか）と不安がよぎったが、かまわず壁を蹴り続けた。壁紙をきれいに長持ちさせることにこだわる母へ向けた、幼い頃からの嫌がらせだ。鈍い音が壁を通して奥沢家のほかの部屋にも伝わり、一軒家は衝撃に合わせてほんの少しだけ揺れた。

一晩明けても気分が収まらず、家にも居にくい凛は未来に〝一緒に遊ばないか〟と連絡した。未来は快諾し、二人で休日の河原町へショッピングにくり出した。

新しいスニーカーが欲しいという未来に付き添ってスポーツショップに入った凛は、店のショーウィンドウ越しの雑踏に、よく知っている顔を見つけた。

「あ、羽依ちゃんや」

「友達？」

「ううん、姉」

隣の男に腕をからませながら、うれしそうにゆっくりと歩いてウィンドウの前を横切っていく羽依は、スタイルの良い身体にぴったり添うワンピースを着ている。ワンピースを一枚で着るにはもう肌寒い季節なのに、本人は全然平気そうだ。今年のバーゲンでゲットした流行のワンピースのはずだけど、羽依ちゃんが着るとどこか懐《なつ》かしい。れっきとした平成生まれなのに、どこかバブルのころイケイケだった女の子がタイムスリップしてきて河原町通を歩いている風情がある。ただ歩いているだけで目立つのは、きれいだからだけではなくて、私を見て見てという少々あつかましいオーラが身体全体から発散されているからだろう。

「話しかけんでいいん？」

「いいねん。男の人といるとき家族に話しかけられると嫌がる人やから」

彼氏が変わっても家族にいちいち紹介しない羽依だが、今回連れている人は素朴で良い人そうに見えた。これまで写真で見てきた、いかにもモテそうな鋭い目つきをした元彼氏たちよりも、話が通じそうに見える。ただ羽依は相変わらずの張りつめたエネルギーなので、男の人の影が薄くなっている。

「お姉さん、モテそう」

「大学時代はよく合コンしてたよ。相手は色々で、お寺の息子さんたちのグループとかとも何回もしてた。ボーズボーイズ、とか呼んでて」

「なんそれ、おもしろいんじゃけど。お坊さんと知り合う機会なんて、めったに無いでしょ」

「いや、結構あるんじゃないかな。私はしたことないけど、羽依ちゃんのほかに私の友達も合コンしたって聞いたことあったな。あとお坊さんとのお見合い話を親が持ってきたって言う友達もいた」

「へえ！　寺や神社の多い京都なだけはあるね。確かに道を歩いてても、お坊さんとかよう見かけるもんね」

「袈裟《けさ》を着たお坊さんがよく颯爽《さっそう》とスクーター走らせてるね。それでな、羽依ちゃんはボーズボーイズのうちの一人と、良い感じになったことがあってん。けっこうかっこ良くて一途《いちず》で、羽依ちゃんもかなり乗り気やってんけど、結局付き合わへんかった。〝なんでなん、好きになりかけてたんやったら、もったいないやん〟って言ったら、〝もし結婚できても私はお寺の朝のお勤めには耐えられへんから、やめとくわ〟やって。羽依ちゃん、朝早いの苦手やからなぁ」

　未来は顔を上向けて笑った。

「姉妹でも凜とだいぶ雰囲気違うね」

「うん、あんまり似てるって言われたことない。羽依ちゃんは私と違って美人やし華やかやねん」

未来は凜の顔をまじまじと見た。

「凜、それ本気で言っとるん？」

「へ、なんで？」

「たしかにお姉さん綺麗な人じゃけど、凜のほうが顔立ちで言ったらだいぶ整っとるよ。化粧やおしゃれでごまかしてなくて、それって相当じゃ思うけど。顔の大きさとか皆より一回り小さいのに、目が大きくてきらきらしとるし」

未来はお世辞を言うタイプではない。真顔で眺めてくる彼女の視線が恥ずかしくて、凜の頬は一気に燃え上がった。

「なに言うてんの、未来。からかわんといて」

「前から思っとったけど、凜って宝の持ちぐされタイプよね」

未来の自分への評価の続きをもっと聞きたいような、聞きたくないような、開けてはいけない箱がこじ開けられそうになって、凜はあわてて話題を変えた。

結局未来は、ピンクと黒の、普段使いもランニングも出来るスニーカーを買い、二人は四条通にある自家焙煎《ばいせん》のコーヒーが売りの喫茶店に入った。客層は二人の年齢よりだいぶ高めで、初老の男女がぽつぽつと席を埋めている。店は奥に向かって細長く、二人は一番奥の、中庭が見える席に座った。

「推薦、おめでとう。教授がわざわざ口を利《き》いてくれるんだから、ほぼ一〇〇パーセント受かると思うよ」

教授からの就職先への斡旋については、デリケートな話題なので他の研究室仲間には言っていなかったが、未来にはこの前メールで報告していた。

「ありがとう。でも難航してたてさ。親に反対された」

「え、勤め先を？」

「ううん、就職のために上京することを」

バニラアイスと透き通った緑色のソーダ水のクリームソーダは、美味しそうだったが、いまの季節には冷たすぎた。

「東京で就職するって言ったら、外国に行って永住するわけでもないのに泣かれちゃって、大変やった。土地柄もあるんかな」

「確かに京都育ちの人で東京で就職したいって人、うちの研究室でも凜しかおらんもんね」

「未来は広島の地元を離れるとき、親に反対されへんかった？」

「されたよ、うち三人きょうだいでお金無かったけぇね。まず父親が、大学の学費を払いながらお前を一人暮らしさせる余裕はうちにはないって、きっぱり言ったよ。でも私、奨学金制度のこととか、バイトの計画とか、京都の安い賃貸アパートの情報を見せて、なんとかやりくりできるって主張したんよ。そしたら段々母親が聞いてくれるようになって〝あんたができる範囲なら行ってみんさい〟って」

「実家から離れることについては、何か言われなかった？」

「それは特に問題にしてなかったなぁ。うちは家族旅行で何度も京都に来てて、家族全員京都が好きじゃけぇ、遊びに行ったら私の部屋にただで泊まれるって喜んどったわ。凛は家を離れることについて、ＯＫが出てないん？」

「うん。一人暮らししたいなら関西圏で探せって言われた」

「凛は箱入り娘じゃけぇね」

「未来は就職どうするの？」

「んー、私は普通に就活する。場所はこだわらんかな、正直言って院の専門分野じゃなくてもいいぐらい。なるべくイキのいい、やりがいのありそうなとこに就職したいかな。面接をたくさん受けるよ」

就職に関してなんの制約もない、自由に生きている未来に接すると、つい自分と比べてしまい、また両親と話し合いをしなければならないと思うと憂鬱《ゆううつ》になった。うつむくとアイスクリームが溶けだして、緑のソーダの層に細い線の白いもやが混じり始めている。どうして喫茶店はいつも氷を入れ過ぎるんだろう。氷を取りのぞいたら、肝心の中身はこの細長いグラスの半分も満たしているだろうか。

帰ってきた凜を居間で迎えたのは、表面上ほがらかに笑顔を作りながらも、荒れる娘と対峙《たいじ》する緊張感を体外に放っている両親の姿だった。

「まあ座りいや」

一方の凜は、親に何を言われるかびくついているのを必死に隠しつつ、自分の意志は曲げないつもりだと相手に伝わるよう、奥歯をがっちり嚙《か》みしめた表情を崩さずに、対面のソファに腰かけた。

「とりあえずさ、凜はどんな仕事に就きたいの？」

「食品系の会社に業種をしぼってる。大学院で専門のバイオの知識を生かしたいから。食品系のメーカーは東京に集中してるねん」

うなずいた母親は腰とソファの間に挟んでいた鞄《かばん》から、京都と大阪の企業案内をプリントアウトした紙を取り出してきた。

「京都でもええとこが近くにあるで。ネットでお母さん探してきたよ。ちょっと大手やし受かるの難しいやろけど、凜ちゃんやる気あるんやったら挑戦してみたら」

知らんけど、と今回は言わない母だった。ゼミの教授に勧められた企業を自分で調べていたときに検索に引っかかった企業だった。どちらも関西圏なので資料請求さえしなかったが。話を進める手際の良さから、今日はあらかじめ自分がどう答えるか想定して両親は用意しているのだと気づき、凜は唸《うな》った。

「なんで受けたいって言った企業とはちゃうところを、わざわざ勧めるん」

「就職するんやったら、どこの会社に勤めるかよりどんな仕事をするかの方が重要やろ。凜ちゃんは東京に行きたい気持ちが強すぎて、肝心のどんな仕事をするかっていう点を考えるのがおろそかになってるんちゃうかと、お母さん思ってんねん。東京に住みたいから就職先を見つける、なんて動機が不純やろ」

「大阪とか京都ばっかり勧め先に勧める母さんたちも、動機が不純ちゃう」

居間に気まずい沈黙が降りた。一言も発していない父はじっとしているだけで、まだしゃべり出す気配はない。

「ただ二、三年おるだけで終わらへん可能性の方が高いやろ。就職したら何年勤めるか分からへんし、勤め先で出会った人と結婚して、その人が関東の人やったら引き続きあっちで住む可能性も出てくるし」

「たとえば私の夫になる人が転勤を言い渡されたらどうなるの」

「それはしょうがないやん、家族になった後やねんから」

「なんか理不尽やわ」

「凜はほんまにその菓子メーカーで働きたいんか」

父がようやく口を開く。

「当たり前やん、研究してる知識も生かせるし、全国のどこのお店でも売ってる大手のメーカーやし。自分にはもったいないほど良い就職先やと思ってる」

「ほんまか？　東京に行きたい気持ちの方が強いんちゃうか。その企業の本拠地がもし京都やったとしても行きたいんか？」

凜が言葉につまる。いつか突かれたら困ると思っていた弱点だ。教授にも就職先を相談したとき、いつも「できれば東京都内のメーカーを」と希望していた。

「やけど京都にも大阪にもいくつかええとこがあるやろ。会社の大きさも仕事内容もそんなに違うとは思えへん」

言葉が出てこずに涙が出た。自分でも説得力に欠ける言葉しか思いつけない。父の考えもあながち間違いではなく、同年代のなかには就職しなかった女の子もいるし、地元でちょっと勤めて辞めた子はとても多いし、結婚して専業主婦になった子たちも幸せそうにしている。時代錯誤というより、個人の生き方の差の部分が大きいので、うまく反論できないが、とにかく私は働きたいんだと訴えたい。

「あんた、この地域が嫌なんやったら、家族みんなで引っ越すさかい、はっきり言いや」

凜の涙を見て母がつらそうに言った。

「はあ?」

凜は涙を流しながら、東京と京都の話から、もっとミニマムな話に突然移り変わったことにびっくりして、目を白黒させた。

「あんた小さいころ、恐い夢ばっかり見てたとき、このへんは嫌やから引っ越したい、引っ越したいて言うてた時期あったやないの。まだここに苦手意識あるんやったら、この家も古うなってきたさかい、別の地域に新しいとこ買ってもええねんで。土地も家も売ったら良いお金になるから、引っ越しなんかなんぼでもできる」

「あんなん、子どものころ思ってただけやで」

遠い過去を引っ張り出してきた母のずれ具合に空恐ろしくなり、凜は勢いを殺《そ》がれた。家族全員で引っ越しても自分を東京へ行かせたくない母の思いが想像していた以上に重い。

「一体なんでそこまで京都から出したくないん？」

何度聞いても、遠すぎるとか人の住むところやないとか結婚して戻ってこない可能性があるという答えしか返ってこない。自分は京都の盆地から出たら溶けてゲル状になるか、または風に吹かれた途端白骨化して粉になり舞う体質であるのを、両親がいままでひた隠しにして育ててきたのかと段々思えてくるほどだった。京都から出ればなにか奥沢家の魔法が解かれてしまうのだろうか？　いや、そんなことはない。両親はただただ心配しているのだろう。どちらかと言えば、両親が京都の魔法にかかっている。

「まあまあ、落ち着こうや。まだ採用試験に受かってもいないうちからモメる必要はないわ」

父がのんびりした口調で仲裁する。

「そりゃ口約束やから、必ずしも受かるとは限らないけど。これから普通に採用試験も面接も受けるんやし」

「そうやな。大きな企業なんやし、凜に受かる実力があるかどうか、まだ分からへんわ」

母親になぜか勝ち誇ったように言われて、いままでの大学院での努力をむげにされたようで凜はむっとした。

「まるで落ちればいい、みたいな言い草やな」

「そこまでは思ってへんけど、もうちょっと冷静になってあんたは考える必要があるわ。東京うんぬんの前にまず就職試験に受かるかどうかに焦点を当てなさい。せっかく教授に口利きしてもらっても、トーキョートーキョー言うて足元が浮っついてたら、試験も落ちるで」

確かに正論で言い返せない。まじめに就職試験のことを考えろと言われるのはもっともだが、そもそも受かっても東京行きを許してもらえるのだろうか。そのあたりクリアにならないと、すごく精神的に不安定なままの試験になる。

「分かった。とりあえず今は採用試験に向けての勉強をがんばる。でも受かったら、それからは自分の人生なんやから、好きにさせてもらうからな」

両親は明らかにぐっと詰まり、動揺したそぶりを見せたが、

「勝手にしなさい」

と母親が売り言葉に買い言葉のように吐き捨てる。

でも母さんは私の夕ご飯さえもう作ってくれへんやん、と思わず叫びそうになるのを、なんとか押しとどめる。反論としてはあまりに子どもっぽい。というか、なんでいきなり夕飯のことで母を責めたくなったんだろう。そうか私、けっこう傷ついてたんや、ご飯作ってくれなくなったことに。家族なのに、母さんなのに、という思いがこの歳《とし》になっても残っていた。子どものころは当然のように手作りのご飯を食べさせてもらっていたから。逆を考えれば、私を自分たちの子どもとしてずっと一緒に家に住んでいた両親は、いきなり家を出ると私に切り出されて、どれほど傷つき動揺しているか。もう大人なのに、という反論はきっと無意味だ。親と子の関係は年齢とは違う軸で成り立っているのだろう。

凜は言い返さずに居間を飛び出した。腹が立つのと同時に不安が押し寄せてきた。教授が口利きをしてくれるといっても、企業の求める新入社員のラインに自分が全然達していなければ、確かに今回は残念ですが……となるだろう。上京のこともあるし、両親に応援してほしいとまでは願わなかったが、まさか試験に対して余計不安な気持ちにさせられるとまでは思わなかった。いつも何かを本気でやりたい、と自分が言い出したとき、「凜は頑固やなぁ」ともらしつつも最終的には味方してくれていた父が、今回に限っては母親より口数は少ないものの、明らかに最後まで自分の側に立つつもりが無さそうなのもこたえた。

洗面台で顔を洗い、タオルで拭《ふ》いていたら、いつの間にか後ろに父が立っているのが鏡に映っていた。

「三人で話してたらついついお母さんも凜も興奮してしまうやろ。やから今ここでちょっと聞きたいんやが、お父さんにはどうしても分からへんことがあるんや。お前はなんでそこまで東京へ行きたいんや？」

確かに三人で話しているとケンカ腰になり、思っていたよりもどんどん話が過激な方向へ行くなとは思っていた。父と二人だけで話せるのは良いかもしれない。でもここは洗面所で、そばの洗濯機は稼働《かどう》中で、水の渦巻く音が響き渡っている。母がいないからってこんな場所で大事な話を始めるところが、いかにも父らしい。

「もちろん、私が働きたいと思ってる企業っていうのは、関東圏に拠点が集中しているから、っていうのが第一の理由としてあるで。でもそやな、ほかに理由があるとすれば……。なんか、今を逃したら京都から一生出られへん気がしてて、それが息苦しいねん。家族に止められるから出られへんと思ってるわけじゃないで。私は山に囲ま

れた景色のきれいなこのまちが大好きやけど、同時に内へ内へとパワーが向かってい
って、盆地に住んでる人たちをやさしいバリアで覆《おお》って離さない気がしてるねん」
訳の分からないことを言い出すな、と言われるかと思ったら、父は特に驚きもせず
頷いた。
「凜は京都の歴史を背負ってゆくのに疲れたんちゃうか。この家のあたりの土地も、
長い年月のなかでほんま色々あった場所やし。お前はお姉ちゃんたちより敏感なとこ
ろがあったからなぁ、子どものころから。確かに京都は、よく言えば守られてるし、
悪く言えば囲まれてる土地や」
　父が当たり前のように自分の言った言葉の意味を理解して返答してくる事実に、凜
は驚きを隠せなかった。こんな話は、いままで親子間で一度もしたことがなかったの
に。自分でもうまく伝わるか自信がないほど抽象的な言葉を並べているのに、ちゃん
と意思疎通《そつう》ができている。
「東京なんてもちろん、ほかのどの県だって、電車か新幹線に乗ればすぐに行けるや
んか。道路が封鎖されてるわけでもない、旅行だろうが引っ越ししようが、動こうと
思えばいつでも動けるやん。でも私は旅行でなら他の土地に行けても、いざ完全に出
て行くって決めたときは、簡単にはここから出られへんって感じがする。見えない力

で、出ようとしても、やさしく押し戻される。もしくはちょっと出て行けても〝そろそろ帰ってき〟っていうメッセージを乗せた不思議な優しい風が京都方面から吹いてきて、ハッと気が付いたら舞い戻ってる予感がする」

「確かに父さんも、長年住んでる京都独特の力は感じることはあるな。出張で別の場所からここへ帰ってくると、妙に清々《すがすが》しい気分になる。自分の故郷に帰ってきたからほっとしてる、だけが理由やない、京都の風に身体を洗われる感覚があるな。父さんはユーレイなんか見えたことないし、オカルトとかスピリチュアル的なもんもよう分からんタイプやけどな。あんまり詳しくないけど、京都には平安京の時代から、東西南北に守り神がいるっていうやんか。あの神様たちがほんまに存在して京都を守ってるとまでは思わへんけど、なんや昔の人が言いたかったことは分かるわ。あれは多分、昔の人が編み出した上手《うま》い〝たとえ〟や。あえて言うならああいう神様に近いもんが京都を守ってるんや。都を作るときに風水を参考にしたから土地に力が宿った、ってことになってるけど実は逆で、もともと力の宿りやすい地形のこの場所が、風水の教えとうまくぴったり合ったんとちゃうんかなぁ。人の力以上のもんを感じるわ」

「私、幽霊とか見たことないよ。変なこわい夢はときどき見るけど」

「父さんも一回もないわ。霊やなくて、もっと土地に根付いてるもんや。地縛霊っていう言葉があるけど、京都にひっついてるのは〝地縛〟の方や」

「父さんが分かってくれてよかった。今は破れ目みたいな穴が開いててそこからはなんとか抜け出せそうなんやけど、年々その穴がどんどん小さくなっていくのが分かるねん。もう急いで飛び出さな完全に閉じて、穴があったかどうかさえ分からなくなるほど継ぎ目なく、どんどん閉まっていく気がするんよ」

凜の口調が段々熱を帯びてきたのとは反対に、父親は物憂《ものう》げな表情になった。

「凜の気持ちは分からんでもないけど、やっぱり諸手を上げて賛成はできひんわ。いまは出ていきたくてしょうがなくても、もういくらかすればこの土地の色んな部分が平気になってくると思うねん。年齢的なところは大きいはずや。いい意味で受け入れられるようになってくるさかいな。それまで待たれへんか」

「待たれへん。待ったら、私のなかの大切ななにかが死ぬ気がする」

もとから自分の考えをわかってもらえるとは思ってなかったという風に、父は凜の言葉を特に顔色も変えずに受け止め、頷いた。

「まあ、しゃあないな。この件に関しては、なかなかすぐに分かり合うのはむつかしいわ。今日はいっぱい話してお互い疲れたな。とりあえずそろそろ寝よか」

分かった、と返事した凜だったが、気持ちが高ぶっているし、まだ時間も早いしで眠れそうになかった。自室で過ごして気分を落ち着かせたあと、凜は綾香の部屋のドアをノックした。何か悩みごとがあったとき、いつも相談してきた相手は二人の姉だ。うつむきがちで部屋へ入ってきた凜の姿を、綾香は神妙な表情で迎えた。凜と親が進路の問題で揉《も》めているのはもちろん既に知っていた。

「姉やんはどう思う？　やっぱり私の意見はおかしいと思う？」

「うーん、ちょっと疑問なんやけど……なんで凜ちゃんはそんなに働きたいって言い出すようになったん？　私は凜ちゃんはこのまま博士課程に進むと思ってたわ」

ずっと働き続けている姉なら気持ちを分かってくれると思っていた凜の瞳《ひとみ》に、みるみる涙が膨れ上がった。

「責めてるわけやないねんよ、凜。ただ純粋にいつから心境の変化があったのかなぁって。東京も、なんでそんなに行きたくなったん？　東京に憧《あこが》れてるとかそんな話、いままで聞いたこともないし、京都で色んなところ遊びに行って楽しそうに暮らしてたやん」

「私がつらいのは、京都が嫌いになったから出て行きたいって言ってると思われることやねん」

凜の声が震えだしたので綾香はあわてて付け加えた。

「そんなん思ってへんよ、ただ純粋に理由が知りたかっただけ。東京にすごい憧れがあるん？」

「憧れは確かにあるけど、それだけが理由とは違う」

さっき父に言ったことをもう一度話そうかとも思うが、理解してもらえなかったらどうしよう、と怯えが先に立つ。

「私にはよく分からへん。でもきっと口で説明できる理由では無いんやろね。将来の夢に理由なんてないもんね、こうなりたいっていう確固とした意志があるだけで。そこまでしてやりたいことがあるっていうのは素敵やと思うよ。父さんと母さんもな、色んな理由を並べたててると思うけど、本音を言えば、さびしくて心配。これだけなんよ」

綾香の握りしめていた携帯電話が鳴り、相手の名前を画面で確認するとはじかれたように椅子《いす》から立ち上がり、「ちょっと出るわ」と綾香はいそいそと部屋を出て行った。きっと宮尾さんからの電話だ。このごろ夜の八時ごろ、綾香に電話がかかってくることが多い。食事中だろうが家族と話している途中だろうが好きなドラマを見ていようが、電話が鳴ると綾香はかならずすぐに出る。そして家族のいない廊下や自分の部屋でひそやかに相手と話す。

初めてデートしたときは全然相手に興味の無さそうだった綾香の変わりように凛は驚いているが、まだ付き合ってはいないと聞いてもっと驚いた。二人は用心深く相手の気持ちを探っているようだが、恋愛に鈍い凛でも頻繁な宮尾さんからの電話とすぐ顔の紅潮する綾香の態度とで、両想《おも》いだと分かる。二人とも良い歳なのだから、もっとちゃっちゃと進んでもよいはずだが、綾香はちっとも焦《あせ》らずに「お互いよく知り合ってから……」などと言っている。家族の食卓で宮尾さんの話になったとき、綾香は「宮尾さんはいまのところ転勤も無さそうやから、その点はありがたい」とうれしそうに言っていた。両親も「それは良いねぇ」と笑顔で深くうなずいたから、近々東京へ行きたいと言うつもりだった凛は、胸が痛かった。

いつか綾香に、結婚したいけど私はできそうもない、と悲愴《ひそう》な顔つきで相談されたことがあり、「姉やんなら絶対できるよ、それにまだ焦る年齢でも無いやん。無理に相手を見つけなくても姉やんは安定して働いてるし、魅力があるし、急ぐ必要は無いんちゃう?」と全力で励ましたことがあった。綾香はため息をついて「凛はまだ若いから、いまの私の気持ちは分からへんのよ」と言い、凛は言い返さなかったが、心のなかでは〝多分年齢は関係ない。私は姉やんの気持ちはきっと何歳になっても実感できない〟と思っていた。綾香に限らず、ほかの周りの女の子たちと比べても、自分は体内時計の尺が彼女たちとだいぶ異なる、と凜は常々感じていた。

綾香の部屋を後にして、羽依の部屋を訪ねると、羽依はベッドの上でふくらはぎをセルライトローラーでコロコロしていた。凜が相談を始めると、こちらももう既に事情は詳しく知っていた。

「凜は京都に男とかいないの」

「いーひん。過去に付き合った人さえ、いーひん」

羽依は何も言わないが、少し見開いた瞳に驚きを隠しきれないようだ。羽依の彼氏の話なら腐るほど聞いてきた凜だったが、自分の恋愛の話はしたことがなかった。羽依もあえて突っ込んで聞いてこなかった。だから妹が恋についての話題が嫌いなのか単に男性経験が無いのか分からなかったのだろう。いまやっと事実が判明して、羽依は妹をつくづくと眺めた。

「凜って男に興味ないの」

「そういうわけじゃないけど」

「あっちからは寄ってくるでしょ」

「そうでもないよ。私、昔からの友達もほとんど女の子やから、そもそも接点が無いもん。研究室の男子とはよく話すけど、研究についてばっかりでプライベートな他の話はしいひんし」

「男子って。中学生やないんやから。じゃあ凜から行きいや。興味のある男と接点持って、話して笑って連絡先交換するくらいの関係になれば？」

「興味のある男の人は、いまのところ、いーひん」

「男と接点なさすぎて、どういうのがいい男なのか分かってないんじゃないの」

「どういうのがいい男なの？」

「ちゃんと働けるとか周りの人と仲良くできるとかの人生の基礎がしっかりしてる上で、性格に致命的なひねくれや歪《ゆが》みがない奴や。この基本を満たしてるのを一番の条件にして、そのあと自分の好みを加味してから男を選び。間違っても自分の好みだけで選んだらあかんで。冷静な目も必要。色んな人と付き合って私が学んだんはコレやわ」

「好みだけで付き合うと、羽依ちゃんみたいに遊び人の上司とかに引っかかるの」

「そうそう。あれは失敗やった、地雷なタイプって第一印象の目つきから薄々気づいてたのに、危うさがイイとか思って近づいてしまった。魅力的やけど根本的に変なとこある人と付き合うと、結局自分が損するで」

前原を思い出したのか顔をしかめていた羽依は細くきれいに伸びた脚を組んだ。

「他、細かいとこで言うと、自分より劣っている男の話を嬉《うれ》しそうにする男は要注意やね。コンプレックスの裏返しかつ現状から抜け出す意思のない男の可能性が高い。ギャンブルっけのある男なら、自分よりたくさんお金使って負け続けてる人の話、働くの嫌いなら自分より働かないやつの話、出世してないなら自分よりうだつの上がらない同僚の話。向上心がなくて性格悪くて下見て安心する奴はあかん。批判は誰にでもできる、実行に移すのが一番難しい、って年いってても気づいてへん男は出世しいひんね」

男を語るときの、羽依の野卑で生意気な目つき、心持ち上向いた尖《とが》った顎《あご》。大体の人にはムカつかれるだろうが、凜はむしろほれぼれとする。こと悪目立ちを避ける京都の文化のなかで、何一つ周りに遠慮することなく自分のアピールポイント（おもに容姿）を自慢する姉を、凜はいっそ清々しいとさえ思う。学校や会社など閉鎖的で小さな社会のなかで、どれだけ嫌われても登校拒否になったり辞めたりせず、毎日通い続けるのも根性がある。自分は京都の土地が醸し出す目に見えない圧力に、びくびくと過度に合わせ過ぎたせいで、息苦しくなり、すごく好きな土地なのに脱出を願うという矛盾を抱えるようになってしまった。逆に羽依の京都への根付き感はすごい。適度に悪口を言ってガス抜きをして、地元で生き続けていくのになんの抵抗もない。

進路の相談をしに来たのに、気がつけば良い男の見分け方を伝授されていた。羽依ちゃんらしいと苦笑いしながらも、心は軽くなっている。あっけらかんとした羽依の明るさが、思いつめていた凜を少し楽天的にした。私がもしいつか誰かと付き合ったら、相手の男の人は羽依ちゃんが定めている良い男の定義に当てはまるだろうか。なんだか全然違う人を選びそうな予感がする。こういう男もええやん、と納得してもらえる人を見つけ出せればいいけど。しかし将来の恋人についてのイメージはかすんで遠く、いまは自分の未来ばかりが気になる。


早朝、修行僧たちが発する野太い声で、凜は目覚めた。禅宗の僧たちは一定の間隔で列を作りながら、腹からしぼり出す発声方法で、「ほー」と「うー」の間の、なんとも形容しがたい音を出し、その声は窓を閉めきっていても部屋に入りこんでくるぐらい、町内中に響き渡る。びっくりするのか犬も吠えだして、遠吠えのように後に続くのがちょっとおもしろい。

凜は雲水と呼ばれるこの修行僧の声を目覚まし代わりにして、托鉢《たくはつ》の日はいつもより早く起きている。寝直そうとしても家の前の路地を通るたび僧は朗々と声を響かせ、それが何人も続くのだから寝ていられない。昔は枕《まくら》で耳を押さえてなんとか寝ようとしたが、最近はもうあきらめた。そして改めて声に耳を澄ますと、騒音ではなく荘厳《そうごん》な響きに魅せられるようになった。托鉢僧たちの清澄な声は、山々にこだまして朝の空気をより一層清々しいものにしている。

家を出てすぐ近くの父方の祖母の家まで行くと、案の定おばあちゃんがまぐちを握り締めて立っていた。

お布施をするのが習慣となっている祖母は、今日も托鉢僧にお金を渡し、あじろ笠《がさ》をかぶったお坊さんは深く頭を下げてお金を頭陀袋《ずだぶくろ》で受け、祖母は手を合わせながら頭を下げる。

凜は着物をたくさん持っていて裕福だったらしい母方の祖父母より、なにかと地味にして奥沢家については余計な口出しはせず、ただ遊びに行くといつもさりげなく優しくて、しけったお菓子を出してくれる父方の祖父母の方をこっそり好いていた。いまでは母方の祖父母、父方の祖父が亡《な》くなり、存命なのはこのおばあちゃんだけだ。

「おばあちゃん、おはよう」

「ああ、凜ちゃんか。おはようさん」

いつまで名前を覚えておいてくれるだろう、と思うと胸がキュッとなった。二年前に自転車に乗っていて転び、足をけがして家にこもる時間が多くなり、それからあまり元気がなく、ぼうっとした表情ばかり浮かべるようになった。もう九十近いのだから、自分の家で一人で生活できているだけで奇跡、と父は祖母の変貌《へんぼう》に少しも驚いていなかったが、現実はそうではないと頭では分かっていても、心のなかでは、おばあちゃんはいつまでも変わらないおばあちゃんのままだ、と思っていた凜は密《ひそ》かにショックを受けていた。遠方へ引っ越した従兄妹《いとこ》が昨年祖母の家を訪ねたとき、祖母はもう名前を思い出せず、自分の孫だという認識も失っていたので、凜はせめて忘れられないようにと、ちょくちょく祖母宅へ顔を出してきた。

家は同じくらい近いのに、母方のおばあちゃんとは比べものにならないくらい、交流が少なかった。でも当の父方のおばあちゃんはおろか、父も母もそのことについて不自然に思っているとか、改めようと思っている気配もなく、毎年うちに来るのが母方の祖父母だけでも、一度ももめなかった。三姉妹の間では「なんでだろう？」と素朴な疑問がわき起こり、両親に聞いたこともあったが、「奥沢のおばあちゃんは一人が好きな人だから」と返事がかえってきた。

なるほど奥沢のおばあちゃんは人嫌いとまではいかないが、ひょうひょうとしてたまに三姉妹が遊びに行っても、相好をくずしたりせず淡々と出迎えるので、子どもたちは両親の説明に納得がいき、次第に奥沢の実家からは足が遠のき、父だけが祖母の様子を見に二週間にいっぺんくらい祖母の家に通う生活が続いていた。しかし子どもたちのうちの凜だけは、いっとき二人の姉と同じように奥沢のおばあちゃんには興味が無くなっていたが、高校生になったあたりから、また再び交流を取り戻せないかと奥沢の実家へ出向くようになった。

確かに家の大きさからして庭付き平屋一戸建ての豪勢な母方の実家（いまは取り壊してもう無い）での祖父母の歓待ぶり、おじいちゃんもおばあちゃんも目に入れても痛くないほど可愛《かわい》がってくれて、行くたびにお寿司《すし》を取ってくれ、お小遣いがもらえたもう片方の実家に比べ、簡素なうなぎの寝床の細長い、あまり陽当たりの良くない湿った空気の奥沢のおばあちゃんの家は魅力が薄かったが、ひさしぶりにやってきた孫や息子夫婦を見送るときに、姿が見えなくなるまでじっと外に出て眺めていた祖母の姿が、凜は忘れられずにいた。

奥沢のおばあちゃんはあえて私たちとは深く関わらないようにしているけど、決して愛情が薄いわけではないとなんとなく知っていた。父がひっそりと、しかし定期的にちゃんと実家に足を運んでいる気配を感じるのも、そう思う要因の一つだった。昼間や夕方に訪ねに行くと落ち着かない気配を祖母が見せるのを察知した凜は、朝方に会いに行くようになった。

でも東京に行ったら、もうそれもできない。

「うち、入るか」

「いや、ここでええよ。あのな、私な、就職が東京に決まるかもしれんねん。もし受かったら、東京に一人で越して、働くわ。おばあちゃんとあんまり会えへんようになるのはつらいけど、お盆休みやお正月には必ず帰ってくるから、そのときはよろしくね」

祖母は分かっているのかどうかよく分からない無表情で何度か頷《うなず》き、特に感想も述べなかった。雀《すずめ》の鳴く声が家の前の道路に響いている。

「そやそや、凜ちゃん、ちょっと待っときや」

祖母はいったん家に引っ込んだかと思うと、手に謎のコアラのマスコットを握りしめてまた出てきた。

「新聞屋さんがこの前くれはったんや。持って帰り」

つい最近もらったとは思い難い、めちゃくちゃ昔に流行《はや》った小さいコアラのぬいぐるみのクリップだった。コアラの手足でちょうど人間の指を挟める仕様になっている。コアラの指の先端についている五本の黒い爪《つめ》が、小さく尖って可愛い。確かこれって、オーストラリアの代表的なお土産じゃなかったっけ？　なぜ新聞屋さんがくれるのだろう？　コアラは長い年月を経て埃《ほこり》をかぶっているわけでもなく、祖母の言う通りこのまえもらった品物かのように、新品ぽい毛並みをしていた。

「ありがと。大事にするわ」

祖母は頷くと家のなかに入り、逆に凜はしばらく動けず道路に取り残された。人差し指に時空の歪みからタイムスリップしてきたコアラを巻きつけたあと、ふと顔を上げると、祖母の家の壁に知らない政党のポスターが貼《は》ってあるのが目についた。きっとポスターの係の人に言われるままに、祖母が承諾してしまったんだろう。お年寄りだからってなめないで、全然味方じゃないくせにと猛烈に剝《は》がしたくなったが、そんな権限はない。しっかり指にしがみついたコアラの丸まった背中を、もう片方の手でなでながら、凜は肩を落として自分の家へと戻った。


一度目覚めたこの気持ちを無視するなんて、もう無理だ。大気に張っている薄い膜を突き破って、私は外へ飛び出す。なにかを得るためじゃなく、なにかを失うために。つけた先から足跡が消えてもいい、私の香りはどこにも残らなくていい、存在を消したい。死ぬのとは違う形で、息を吹きかけられたろうそくみたいに消えたい。

家を飛び出して自転車に乗ると、やぶれた心のまま、行き先も決めずにスピードを出して走った。千本通を越えて、地下鉄の北大路駅を越えて、鴨川と北大路橋が見えてきた。そのまま走って通り過ぎるつもりが、晩秋の紅葉した山々があまりに綺麗《きれい》だったので、凜は橋の真ん中で自転車を停め、荒い息のまま欄干に寄りかかって連なった山々を眺めた。山は複雑な色合いで紅葉の錦《にしき》を織り、ふと遠くを眺めた人間にだけ、美しさを披露していた。ふさふさと柔らかく、どこかおいしそうなこんもりとした山を眺めていると、凜の胸は締めつけられた。

なんて小さな都だろう。まるで川に浮いていたのを手のひらでそっと掬《すく》いあげたかのような、低い山々に囲まれた私の京《みやこ》。古い歴史が絡《から》みついたこの土地は、時間が動いていているようで、動いていない。山の向こうにまだまだ日本は続いていると知っていても、この地にいる限り実感はできない。冷たい秋風が凜のうるんだ瞳を刺激した。私はここが好きだけど、いつか出て行かなきゃならない。山の向こうにも自分の世界が見つけられると確信できないと、いつか息が詰まってしまう。鴨川の冷たい水に長細い脚一本を浸けて立つ白さぎをじっと見つめていると、涙がこぼれた。

好き嫌いじゃない。旅立つときが来るんだ。これは自分ひとりの問題なんだ。

自転車を引いて家へ帰る凜の足取りは重かった。家の近所まで戻ってもどうしてもまっすぐ帰れなくて、自転車を走らせて近くの紅葉を見に行った。ガイド本にあまり載っていない、観光客もめったに来ない隠れ紅葉スポットだ。寺社や観光地の紅葉と一味違うのは、急な高低差のあるところ。足元に気をつけなくてはいけないほど急で狭い下り道のおかげで、見下ろす限り紅葉が広がっている。まだ観光地化されていないので細かくは手入れされていない野性的な紅葉が、豪快に葉を広げ、雪のようにひらひらと落葉している。葉の間からこぼれる日差しは汗ばむほど強いが、夏のそれとは違い昼のうちから黄金色に輝いている。鳥の鳴く声と凜の枯れ葉を踏む音だけが響く。

もみじの葉は真っ赤な色に注目されがちだが、一番の特徴は形にある。赤ちゃんの手のひらに喩《たと》えられることもあるけど、花弁と呼びたくなるほど美しい葉先は繊細に尖り、柔らかい印象はない。心にある形の何かに似ている。痛み、憧憬《しょうけい》、羨望《せんぼう》。一枚拾って手のひらにのせると、もみじの葉が皮膚に溶け込んでいきそう。凝縮した赤がきゅっと小さくて、目に染みる。

「ウイ、サン」

　自販機にかがんだ中腰のまま、羽依が声のした方を見上げると、かっこつけてない風を装《よそお》いながら、実は手に持った買ったばかりの缶コーヒーの銘柄まで計算ずくの前原が、ふてぶてしい微笑《ほほえ》み顔で羽依を見下ろしていた。きどらない、何気ない風に見せかけた普通の立ち姿ながら、自分が若干優位に先手を打てるよう、また自分の背を高く見せたいという計算もあるのか、羽依が腰を低くしたときに話しかけてきた前原に、羽依は速攻で臨戦態勢を取った。ずっと羽依と呼んでいたのに、前のよそよそしい呼び方に戻してきたのにも、前原のプライドを感じる。

「どや、最近は」

　京都人なら、どや、やなくて、どうや、やろ。羽依はイライラを悟られないよう、一瞬伏し目になった。前原は世慣れたちょい悪風に見られたくて、関西の芸人がテレビで使う大阪弁を、京都弁に混ぜてくる。相手を観察してるかのようにちょっと空く会話の間合いや、クールそうな乾いた笑い、ぼやぼやしている人間への容赦ないツッコミなど、完全にバラエティ番組を仕切るお笑い出身の司会者を真似《まね》ている。イケメン、頭が切れる、しゃべりがうまい、となにかと目立つ男はこういうタイプが多いから普段なら羽依も気にしないのだが、なまじっか彼に引っかかった過去があるので、簡単にぽーっとなった自分を思い出して恥ずかしいのだった。しかもこの態度だと、彼のなかの羽依は、まだ彼の前ではしゃいでいた半年前の羽依から更新されていないようだ。

「元気にやってますよー」

立ち上がりにっこり微笑んで、「前原さんはどうですか？」など余計なことは聞かず、立ち去ろうとする。が、前原は微妙に羽依の進路を阻《はば》んだ位置にいて、動こうとしない。

「なんや、ひさしぶりに話すんやし、急がんでもええやんか。そういえば、お前ってお局《つぼね》の女性社員の皆サンに〝盗聴魔〟って呼ばれてるみたいやけど、なんでなん？」

あいつら、裏で私のことをそんな風に呼ぶようになったんか。ＩＣレコーダーのはったりが、よっぽど効いたみたいやな。

「知りませんよ、そんなん。あの人らとはもう上《うわ》っ面《つら》の会話しかしぃひんし、私は」

「おれもあいつら大嫌いや。人の噂話《うわさ》ばっかりしてる、しけた連中や。その点羽依は若いのにかっこええわ、一匹狼《おおかみ》で。おれと似てる」

よく言うわ、会社内の力関係の結び方も情報流しもお手の物で、仕事よりむしろ人間関係をいかに牛耳るかばっかり考えて動いている男のくせに。

「今さっきキレたときもかっこ良かったで。タンカを切るのが似合う女やな、お前は。おれは、表では自分の意見も言えなくてなよなよしてるのに、裏では陰口だらけのうちのほかの女性社員みたいなんより、お前の方がさっぱりしてて好きやなぁ」

前原の調子の良い言葉に、この男は気を引きたい相手にはおべんちゃらは得意だと知っていても、羽依はふき出してしまい、心のガードがちょっとゆるむ。関西では男の話術が、男女関係においては非常に有利な武器になる。〝また調子の良いこと言って〟と呆《あき》れながらも、口が上手ければ上手いほどつい女の方も笑ってしまう空気が、習慣として当たり前に漂っている。

「あとさキミ、梅川と、付き合ってるらしいやんかー」

声だけ聞くと軽い言い方だったが、笑顔の仮面をかぶりつつも〝梅川〟と発音したときに、隠しきれない憤《いきどお》りの歪みが、前原の顔全体に薄く広がったのを、羽依は見逃さなかった。同時に分かってしまった。社内でのイメージの死守に命を賭《か》けている前原が、誰にも見られない場所でとはいえ危険を冒して話しかけてきた理由。女子社員たちの間で回っていた「羽依は前原に一晩でヤリ捨てされた」という噂は、こいつ本人が流している。

「キミもけっこう物好きやな。あんなボサッとした梅川みたいな奴《やつ》と、付き合い出すとは。どうしたん？　なんか言うてーや。あれー、噂はデマやったん？」

羽依の笑顔のままの沈黙を動揺と受け取ったのか、落ち着いた顔色になった前原がやけにのんびり尋ねてくる。

「どうですかねー。まぁ、プライベートの話は、会社では必要ないんじゃないですか。仕事あるので、しつれいしますー」

他の男なら人目はばからず「お前に関係ないやろ！」と怒鳴りつけたが、梅川の上司でもあるし、くやしいが会社での影響力は大きいから、やすやすとケンカは売れない。一礼して前原の側をすり抜けた。

「ふうん。あっちの男にもこっちの男にも媚売《こび》って、ちゃんと仕事できてるんかいな」

また私の背中に向かって、いけずを言うたな。制止がきかず、青筋の浮いた笑顔で羽依はふり返った。

「私の好きな人はいつも一人だけ。あんたなんかだいぶ前に忘れてたわ。過去の人は黙ってて」

仮面がはがれて高すぎるプライドが丸出しになった前原の形相を、心ゆくまで眺めてから、羽依はまた前に向き直り歩きだした。

やってしまった。啖呵《たんか》をきって気持ちいいのは直後の一瞬だけ。正気に返ったあとは相手からの復讐《ふくしゅう》におびえる。とくに恋愛ざたはきっぱり言わなきゃいけないときと、慎重に動かなければいけないときがあり、前原の場合はおそらく慎重に動いた方が良かった。だれとも付き合っていない状態での別れなら、きっぱり言って良かったかもしれないけど、前原の言い分だとまだ付き合っているはずの羽依が梅川と付き合い始めた、つまり二股《ふたまた》だと思っているふしがあった。こちらから連絡しなくなり、あちらからも連絡が来なくなったから、自然消滅だと思っていたけど、確かにちゃんとした別れ話はまだ一度もしていない。新しい男がいる状態で、前とは一八〇度違う態度で接すると、火に油を注ぐ可能性がある。しかも前原は噂を流すなどして、すでに嫌がらせの行為に出ているから、エスカレートする可能性もある。

前原が最後に見せた目は、羽依がいままで何度も見てきた、自分の所有物だと思っていた女が急に去って、いまさら執着の度合いが増してきている危険な男の眼つきだった。厄介なパターンだ。梅川のこともよく知っているせいで、なんであんな格下の奴がおれがものにできなかった女と付き合ってるねん、という思いもあるのだろう。

まぁ考えすぎてもしょうがない、と羽依は冷たい指先でキーボードを打って、PCの画面に集中しようとするが、前原の最後の表情が目の前にちらついて離れない。なんといっても前原は遊び人で色んな女の人が次々寄ってくるだろうし、嫉妬《しっと》からくる報復なんてみっともないことを社内ではしたくないだろうから、私や梅川への恨みなど長続きしないだろう。しかも私がひどい振り方をして今のざまなら気持ちが分からないでもないが、連絡を取らなくなったのはお互い様で、梅川と付き合う前は前原だっていかにも自然消滅したふうに私に接していた。

仕事にまったく集中できない。前原の陰湿さがどれくらいかあれこれ考えていると、デートして何時間も話して屈託なく笑い合い、手を握り合い、夜の街路樹の下でキスもした前原が、とたんに得体のしれないモンスターに思えてくる。

梅川との付き合いは順調そのもので、会社終わりや休日など、時間を見つけては二人で会っていた。

同僚から恋人関係にスムーズに移行したのに、梅川が自室であらためて〝付き合って下さい〟と申し込んできたのも、うれしかった。どこかへ出かける時間はなくても、いっしょにご飯を食べるだけで楽しく、自分の話を楽しそうに聞いてくれる包容力のある梅川に、羽依はすっかり気持ちをほぐされて、二人でしゃべっているときは子どもっぽい笑顔を見せた。

休日に二人で会うとき、梅川はたいしておしゃれでもないのに、ポロシャツの襟を立てて参上することだけは忘れない。首が隠れて短く見えて損なのに、彼のなかではかっこいいワンポイントおしゃれに分類されているのか、必ず立てる。もしかしておしゃれではなくて、日頃スーツを着てネクタイを締めて大人しく伏せているワイシャツの襟に対して鬱憤《うっぷん》がたまっていて、休日は自由にワイルドなおれで行きたい、という深層心理が立った襟に集約されているのかもしれない。こういうところも、常に他人の目を意識して、さりげなくおしゃれして三十を過ぎても清潔さを保っている前原からすれば「もっさい奴」と失笑ものなのだろう。正直言えば、私も昔なら「なんで襟が立ってるんやろう?」と引いていた。梅川はそうではないが、たとえばもし彼の靴の先っぽがいつも尖ってたら「なんでとがらせておくんやろう? 先端には何が詰まってるんやろう? 男のロマンのつもりかな」と頭の中で小馬鹿《こばか》にしたに違いない。

しかしいまは、デート相手の襟がそそり立っていようが、靴の先がとんがっていようが「別に襟や靴の先がブーメランになって飛んできて、私に刺さるわけでもないし」と気にしない。ダサい、幻滅、というシリアスな言葉をあてはめてしまえば恋が冷める原因になってしまうが、じっさいは本当に些細《ささい》なことだ。ケンカのときにこちらを批判する言葉を次々と繰り出してカミソリの刃を引くように心を傷つけてくる男に比べたら、本当に可愛《かわい》いレベルだ。

いままでどうして人間の本質を見ようともせず、些細な点ばかり見て相手に評価を下していたのだろう。前原と出会って良いことなんか皆無だったが、それに気づかせてくれたのだけはありがたかった。

前原のことは梅川には言い出せず、もう自分で処理するしかなかった。前原のことを話せば、以前の二人の付き合いについても言わなければならず、もちろん梅川は社内の噂ですでに知っているとは思うが、せっかく良い雰囲気なのに、わざわざ触れるのは嫌だった。

仕事終わりのプライベートな時間にちょくちょく前原から電話が入るようになり、羽依は三回に一回ぐらいの割合で、いやいや出た。いったん話をすると彼は軽快にしゃべり続け、なかなか会話を切り上げようとしない。

「すみません、そろそろお風呂《ふろ》に入ろうと思うんで」

「ちょ、切るの待って。とりあえずさ、思ってたこと話してーや。おれたち、あんまりにも会話が少なかったやろ。おれも反省してんねん」

のらりくらりと会話を延長されて、しまいには前原の軽口に一緒になって笑ってから、はっと気づいた。この雰囲気だとまるで、長いけんかのあと復縁するカップルみたいだ。

彼のまるで付き合ってるふうのトークはそのあとの電話でも続いた。何度、もうやり直すつもりはないと言っても、分かってるやんと普通に返し、そのくせ後の会話で「羽依、あそこ行きたいって言ってたやん？ 今月中に行ってみようや」などと誘ってくる。行くわけないやろ、と返すと、そらそうか、と笑ってちっともめげた様子がない。のれんに腕押しの前原の反応に、羽依は段々気味が悪くなってきて、電話に出なくなった。

ロッカー室で女性社員の先輩たちと対峙《たいじ》したときのように強く出られないのは、前原は敵に回すと恐いと分かっているからだった。そこそこ賢く、底無し沼のごとく執念深い。深く恨まれると、下手すれば何年も、音を上げて会社を辞めるまで回りくどく嫌がらせをされるのは、彼のライバルや気に入らなかった部下が次々辞めていくという社内伝説から予想できる。いまのところまだ梅川は表立って嫌がらせを受けておらず、それどころか前より仲良くしてもらってると、この前言っていたのを聞いた。

前原に変な噂を流されたら、姉の宮尾とのお付き合いにも悪く響くかもしれない。

最初のデートの感想こそ、奥歯に物が挟まったようなことしか言わなかった綾香だが、その後順調に宮尾とのデートを重ねているらしい。仕事場と家の往復が主で、たまに女友達かもしくは一人で街に出掛ける以外、外に用事がなかった姉が、それなりにおしゃれして朝早く出かけてゆき、夜九時過ぎに家へ帰ってくる様子は、妹の羽依としてもうれしい変化だった。そんな姉の邪魔をしたくない。

電話に出ないと分かると、前原は羽依の仕事終わりを会社から少し離れた場所で待ち伏せするようになった。

コンバンハ、と声をかけ並んで歩いてくる前原に羽依は呆れるしかなかった。

「ほんま、極端な人ですね。付き合ってたときは休日に連絡さえ寄こさなかったくせに」

「ちゃう、お前の返事を待ってたから連絡できひんかったんや。おれは意外と気が弱いところがあるねん。嫌われてるのに電話したら、冷たくあしらわれるやろ」

いつもと雰囲気が違う。活発な明るい雰囲気が消え去り、前原の目は暗く沈んで完全に濁り、奥で怒りの炎がちらちらと燃えている。相手の迫力に呑《の》まれないよう、羽依は鼻で笑った。

「勝手に放置して他の女にかまけてたのを、良い風に言わないでくださいよ」

こんな風に言うとまた私がやきもち焼いてる方向に話を持ってかれる、と羽依は身構えたが、前原は陰気に沈んだままだった。

「お前がおれから離れていこうとするから、気を引くしかなかったんやんけ」

本音に近い、捨て鉢な低い声を聞いて、心が動く。それなら私も同じこと考えてたときあったたっけ、お互い相手の気持ちが欲しくて、でも意地を張ってすれ違っちゃったのかな。一瞬同情しかけたが、冷静に考えてみると、やはりうさん臭い。初めは私に愛情がなく、めんどくさくなったら他の女に乗りかえようと思っていたのが、先に乗りかえられて悔しくて結果執着が増しただけの気がする。なにしろ前原と付き合っているときは、いま梅川といっしょにいるときに感じる、愛情の交流や安らぎを一切感じなかった。

このまま付きまとわれてはらちが明かないからやめてくれ、と前原に苦情を言うと、じゃあ最後の一回でいいからおれと真剣に話す場を設けてくれ、と食い下がられた。

「一回おれんち来たことあったやん。まだ道覚えてるやろ？　もっかい、おいでーや。まさか襲われるとか思ってへんやろな？　心配やったらおれの両手、ガムテープでぐるぐる巻きにした状態で話そ」

そうなるよな、と羽依はしぶしぶ同意した。羽依としても人目につく場所での待ち合わせは避けたい。会社の人間や運悪く梅川本人に前原と二人きりで会っているのを目撃されれば、前原と前に付き合っていたのもあって二股だと誤解される可能性があるからカフェなどでの話し合いは困る。京都は狭いからどこに人の目があっても不思議ではない。たしかに一度蹴上《けあげ》にある前原の家へは行ったことがあり、あそこなら会社とも街の中心とも離れているので、こっそり行きやすい。二人で宅配ピザを食べて、良い雰囲気で午後じゅう話したが特に発展せず帰ったことがあった。あのとき前原に完璧《かんぺき》に恋していた羽依は、キスぐらいしても良かったのにとじりじりした気分になったが、今回は正反対の気持ちで訪れることになりそうだ。

「じゃあ日曜の昼間でどうですか。あんまり長居できないと思いますが」

「ええよ。ほんなら決まりな。昼ご飯はどうする？」

「食べてから行きます」

「りょうかい。楽しみにしてるわ」

ほっとして笑顔になった前原からは、目を奪われる男の色気が霧になって噴き出し、羽依はくやしいが一瞬くらりときた。昔は彼の笑顔が好きだった。でも前原が自分の色気を知りつくしていると分かったいまでは、まやかしの効果も半分以下だ。女でも自分の魅力、色気を熟知している人がいるのと同じように、男だって完全に分かっていて演出する場合もある。得した度合いが大きいほど、調子に乗ってスキルは磨かれていく。

「どんな話になっても、羽依の正直な気持ちが聞けたらおれはうれしいと思ってるから、遠慮せずにちゃんと話してな」

けっこう正直に迷惑という気持ちを伝えているはずだが……と羽依は苦々しかったが、上司というせいもあり、知らず知らずのうちに婉曲《えんきょく》な態度を示していたのかもしれない、と思い「はい」と返事をした。

約束の日が近づいてくると憂鬱《ゆううつ》さは増し、前原への怒りも増した。いつかあいつの葬式に部下として行ってやろう、と前原のうちへ行くために乗った電車のなかで羽依は決意した。位牌《いはい》にオリーブオイルを塗ってテカテカにしてやる。焼香の葉を深蒸し緑茶の茶葉にすり替えて香ばしい匂《にお》いを漂わせてやる。棺桶《かんおけ》の顔のとこのミニ観音扉には、生前の似顔絵をマジックで雑に描いてやる。棺のなかに花を手向けるときにはキッチンタイマーも一緒に入れて、ちょうど出棺のときに合わせて、ピッピピッて鳴るようにしてやる。

前原のうちの最寄《もより》駅である蹴上駅が車内アナウンスされて、羽依はため息をつきながら立ち上がった。


「別れてる別れてないで言い争うつもりはないです。ここ半年、プライベートでまったく会ってなかった、会社で毎日顔を合わせて、お互いの家も同じ市内なのにもかかわらず。こんな関係を付き合ってると一体だれが思いますか？　だれがどう見ても自然消滅です」

自宅でうきうきして待っていた前原は、酒だのつまみだの色々用意してきれいに掃除した部屋で羽依を迎えたが、彼のテンションには乗らず羽依はよそよそしい冷ややかな態度で、開口一番言いたいことを言った。

「おれにとっては不自然消滅や。羽依が怒ってるみたいに見えたから、どう声かけよ、て悩んでるうちに時間が過ぎてしまったんや。おれも気ィ遣ってたんやで、おれはただお前の彼氏っていうだけやなくて、上司でもあるから、お前が仕事しにくくなったらかわいそうやと思って。みんなで滋賀へバーベキュー行った辺りから、態度おかしくなったやろ。もしかして、関とおれが話してたから怒ったんか？　会社の奴らがなんて言ってるか知らんけど、おれはほんまにあいつとはなんにもないで」

関がだれかすぐに思い出せず、羽依は一瞬沈黙した。ああ、琵琶湖の当て馬の子か。実家の両親がやってる喫茶店を手伝わなければいけないから、と訳の分からない理由で最近会社を辞めたあの子だ。

「いえ、バーベキューの前から私はもう冷めてました。だって付き合おうって約束した途端、連絡取りづらくなって、休日に会いたいって言ってもはぐらかされて、全然楽しくなかったんやもん。こんなんお付き合いとは呼べない、ってずっと思ってました」

「それはおれが悪かった。お前が彼女になったとたん、なんや安心してしもて、お前のこと考えてた間に山積みになってしまった仕事を先に片付けな、とそればかりに気を取られててん。付き合ってすぐの、普通ならもっとラブラブのはずの時期にさびしがらせたのは、ほんまごめん」

大した詭弁家《きべんか》だ。ほんとは付き合って達成感を得たとたん、飽きて自ら疎遠《そえん》にしたくせに、いいように話を作り替えている。もしまだ前原のことを好きだったら、こんな見え透いた言い訳も、よろよろと信じてしまうのだろうか。

「謝ってもらわなくても、大丈夫です。もう昔のことですから」

前原の弁解は続き、ついでに彼の酒の量も進んだが、羽依は自分で持ってきたソフトドリンクを飲みながら、話半分で聞いた。言いたいことは言ってやった。もう長居は無用だ。羽依のそっけない態度に気づいた前原のくやしそうな顔に満足を覚えながら、腰を上げた。

「そろそろ帰りますね。じゃあまた明日会社で」

「なんや、話はまだ終わってへんぞ」

「終わってますよ。前原さんだっていままで色々恋愛してきたはずなんやから、こういうとき話し合ってもどうにもならへんて、ほんまは分かってるでしょ」

テーブルに置きっぱなしだった羽依の携帯をひょいと取り上げると、前原は長身を生かして腕を伸ばし、羽依がジャンプしても届かないほど高い位置にある窓際《まどぎわ》のカーテンレールの上に置いた。あわてて立ち上がり手を伸ばしてなんとか携帯に触れようとしてできない羽依を、隣で前原がにやにやしながら見つめている。

「携帯、返してくださいよ」

「返さへんもーん。話をちゃんと聞かない部下にはきびしく指導せんと」

前原に苛立《いらだ》ちながらも、若干恐怖も感じた。いまの状況はひょっとして、ソフト監禁ちゃうん？　私はこの家から出られるん？

羽依は黙りこみ、きびすを返して、玄関へ向かった。

「おいおーい」

前原があわてた声を出す。羽依が靴を履く。

大きな手がドアの鍵《かぎ》の部分をそっと塞いだ。

「だから話し合いまだ終わってへんのに、なんで外に出ようとすんねん」

地を這《は》う低い声。前原が羽依の背後から手を伸ばして鍵を隠しているせいで、二人の距離はぐっと縮まる。羽依の肩と前原の胸板が触れ合い、玄関の明かりは彼の身体《からだ》で遮られて薄暗い。ぞっとした羽依が思わず顔を上げると、前原は薄気味悪い笑いを浮かべながら、羽依を見下ろしていた。一秒でも早く押しのけてドアから出たかったが、間違いなく力で負ける。外に出られなかったとき、これまでの話し合いの雰囲気がこわれて、乱暴な本性をむき出しにした前原にエンジンがかかったらどうしよう。いままで会社の上司と部下という立場での力の差しか感じてこなかったが、初めて男女の力の差も危険も思い出し、羽依は動けなくなった。いい雰囲気だと勘違いした前原が、羽依に顔を近づけてきて酒臭い息を吹きかける。

「まだ話の途中やのに帰られたら、さびしいやんおれ」

羽依はなんとか笑顔を作り、彼の身体をぐいと押しのけた。

「もうしょうがないですね、それならあと少しだけ」

タイミングを見直すしかない。隙《すき》を見て逃げ出す瞬間を計る。羽依が靴を脱ぎ部屋に上がり直すと、前原はほっとした様子を見せた。

「うん、まだ時間あるやろ、飲み始めたところやん。今度はソファで話そうや」

ソファは二人座りで膝《ひざ》掛けにしては大きいブランケットが置いてあり、まるで小さなベッドのようにも見える。

「いえ、私はこっちの方が楽なので」

羽依は元の座布団《ざぶとん》に座り直した。

「いちいち強情な女やな、羽依は。まあそれも魅力やねんけど」

あまり意味のない、しかし羽依的には緊迫した前原との時間がどんどん過ぎていった。時間の経過と共に酒量も増した前原は、ろれつも怪しくなりながら、ほとんど無いに等しい二人の仲が良かったときの思い出エピソードを何度も話し、羽依へのボディータッチも多くなっていった。このまま酔いつぶれてくれないか、と期待するものの、ときどき羽依の様子をうかがうときに素に戻る目つきはいつも通りの冷淡さそのものので、缶ビール二本、ワイン一瓶飲んでも、酔ってるふりをしているだけで、ほんとは全然酔ってないんじゃないかとも思えた。

外はすっかり暗くなり、携帯が手元に無いからいまが何時か分からないが、疲労具合からいって七時は確実に過ぎている。晩ご飯も食べずにここまでの長時間の話し合いはどう考えても異常だったが、前原も疲れてないふうに見せるし、羽依も怯《おび》えてるのを悟られたくなくて必死に普通の家飲みの雰囲気を装っていた。

前原がふらふらと立ち上がり、羽依は身構えたが、彼はトイレに入った。たくさんお酒を飲んでがまんできなくなったようだ。チャンスだ。

羽依はバッグを持って音もたてずに立ち上がると、携帯も靴も置いてドアの鍵を開けて外へ出た。ドアを開ける瞬間にトイレのドアも開く音がした。

短い廊下をストッキングで走って階段を駆け下りる。三階、二階、一階、半泣きになりながらハイツの前の人通りの無い小道を走って大通りへ出た。車や飲食店の明かりにほっとしつつ、駅を目指して走る。いますぐタクシーに乗りたいけど、タクシーが止まる場所じゃない。大きな信号に引っかかってやきもきしていると、遠くの後ろから、おーいと呼ぶ声がして、前原が現れて一直線に道路を走ってきて、あっという間に追いつかれた。羽依は大声で叫ぶ準備をした。

「お前笑けるわー。なんで靴も履かずに出て行くねん。そんなあわてんでも、おれかってもう帰そうと思ってたわ。ほれ、靴と携帯」

前原は耳障《みみざわ》りな金属質の声で笑いながら靴を地面に置き、携帯を差し出した。羽依は自分の手がふるえているのを口惜《くや》しく思いつつ、前原の手から携帯をもぎ取り、パンプスを履く。

「この距離を靴なしで走ったんか。やっぱおもろいなー羽依は。することなすこと、予想外や。足の裏、ケガしーひんかったんか」

「もう追ってこんといて」

「追わへんわ、なんやそっちびびってるみたいやし。犯罪者みたいに言われたらかなわんわ」

「閉じ込めたくせに」

「はあぁ?!　ええ加減にせぇよお前、人聞きの悪い。残るって言うたんはそっちやん。閉じ込めようとしてるときにおれかってトイレなんか行かへんやろ」

前原のわざとらしく呑気《のんき》なあっけらかんとした口調に寒気を覚えながら、信号が青に変わると羽依は精いっぱいの早歩きで前へ進んだ。

何度もふり向きながら前原がついてきていないことを確認し、タクシーに乗り家を目指した。携帯の時刻を見るとすでに十一時前で、結局八時間超は前原の家に閉じ込められていたことになる。タクシーの席に座っても羽依は震えが収まらず、ただ早く家に着くことだけを願った。

当たり前だが家はいつもの雰囲気で、お風呂の石鹼《せっけん》の匂いが漂い、ダイニングテーブルには羽依の分の夕食がラップをかけて置いてあった。

放心状態でソファに座っていると、浴室で鳴っていたドライヤーの音が止み、スリッパを履いた足音が居間に近づいてきて、風呂上りの綾香が現れた。

「羽依ちゃんおかえり。こんな遅くなるなら、連絡してくれればよかったのに。晩ご飯、もう食べたやろ」

羽依は無言で首をふった。

「え、まだ食べてへんのん？　ほんなら、これ早う食べなさい、ハンバーグやで。羽依ちゃんの分残しておいてんから。なんやあんた、えらい疲れてるなぁ」

羽依の目に涙がたまり、嗚咽《おえつ》がもれる。綾香はびっくりして羽依の目線の高さまでしゃがんだ。

「どうしたん？　なにかあったたん？」

「元彼の家に閉じ込められた」

綾香の目が素早く羽依の全身を一瞥《いちべつ》する。

「なにされた。警察行こうか」

「なんもされてへん。ほんまに、話してただけ。でも恐かった」

「詳しく話してみ」

羽依は前原の家での様子を涙で声をつまらせながら語った。襲われたわけではないと分かった綾香が、ほっとした表情になった。

「手足を縛られたわけでも、怒鳴られたわけでもないのに、恐くて家の外へ出れんかった。隠された携帯が人質みたいになって、ドアの鍵も触われへんようにされて、ただそれだけで相手との力の差が恐くなって押しきれへんかった」

「気持ち分かるわ。当たり前やわそんなん、大の男に家から出れんように画策されて、いくら力ずくやないといっても、こっちからすれば恐いもんな」

綾香が憤怒の表情を浮かべて立ち上がった。

「私とお母さんとお父さんで、そいつに警告しにいくわ。今後羽依に近づいたらストーカーとして警察に通報するで、って。羽依もなんでそんな奴の家にわざわざ行ったん。梅川さんと付き合ってるんやろ、前の彼氏の家に行く必要なんか無いやんか」

「まだおれは別れたつもりはないから、話し合おうってしつこくて。会社の上司っていうのもあって、断りにくかった。警告に行くのも、やめて。大ごとにしたら会社でどんな嫌がらせされるか分からへん」

「上司やったんか」

「私の直属の上司。宮尾さんとも関係のある、重要なポストの人やねん。あの人ともめたら私だけの問題じゃなくなる」

「これでよう分かったわ。その男、羽依ちゃんが逆らえへんのも全部分かってて、計算ずくで近づいてきてるんや。パワハラや。腹立つわ、会社での関係なんてどうでもいいやん、羽依ちゃんの安全が第一やろ。両親が出てきて大ごとになるのが嫌なら、私だけでも文句言いに行きたいわ。羽依ちゃんより年上のくせに悪知恵だけで、ほんま腹立つわ」

姉が本気で怒ってくれているのを嬉《うれ》しいと感じつつも、こんな風に癖のある男と揉《も》めてしまうのは自分のせいもあると気づいているから、若干うしろめたかった。

我が家にぶじに帰れて本当に良かった。そろそろリフォームしてほしいなと思っていた古い板張りの廊下も、クリーム色の壁も、埃《ほこり》のうっすら積もったすずらん形の照明も、すべて懐《なつ》かしく愛《いと》しい。何年か前の冬、天井裏に忍び込んだイタチを捕まえるために穴を開けたあと、天井に当てた継ぎ板さえも。あのときは家じゅう走り回るイタチに、家族みんなで大騒ぎやったなぁ。

眠っている家族を起こさないように、足音を立てずに階段を登るのも、心が休まる。前原は一人きりの蹴上の部屋で、いま何を思いながら過ごしているのだろう。黙々と狂気を育ててそうで、ぞっとする。前原は自分では気づいてないかもしれないが、人を本気で好きになった途端、その相手を苦しめはじめるタイプだ。普段周りの人間を己のパワーで従わせているから、誰かを好きになっても、歪《ゆが》んだ方法で相手との距離を無理に縮めるやり方しか知らないのだろう。傍目から痛々しく思えるほど、前原は一歩外に出たら自分のキャラを完璧に演じ通していた。

羽依は自室へ入り、ベッドへ寝転がった。私にもそんな時期はあった。日常生活なのにまるでＴＶタレントのようにイメージ通りの自分でずっといるために、体内の電池を毎日新しいのに取り替えた。裏では暗い顔してるのに、人前に出たとたん明るくふるまって話したりしていた。高校生でもう卒業したけど、不思議なことに、大人になっても演技をやり通している人が時々いる。常にテレビカメラに撮られているかのごとく、弱みを見せず、誰にでも同じ笑顔を向け、妥協は許さないと努力を続けてゆこうとする人間が。同類だったからこそ、前原にいじらしさと演技し続けられる根性に尊敬を感じて、私は彼を好きになった。そして実際の彼を知ろうともしないまま、観客席の一番良い席に強引に座り、彼の本性を知ったとたん途中退場した。ぽっかり空いた真ん中の席を残して。

涙が流れてきた。一〇〇パーセント自己嫌悪《けんお》の涙だった。入社以来、仕事の悩みなどそっちのけで、恋愛や人間関係の悩みばかり抱えてきた。同性とも異性とももめごとを起こし、社内恋愛を続けざまに経験し（現在も進行中）、肝心の仕事ぶりは地面を這いずり回っている。なんのために会社へ行ってるのかと、他人に言われなくても自分で痛感している。

もう会社辞めた方がいいのかな。

いよいよ追いつめられてきた。初めは燦々《さんさん》と陽が降り注いでいたオフィスが、いまは朝でも昼でも真っ暗で、ところどころに弱い光が差し、その部分しか見えない。

京都のクリスマスは電飾もクリスマスツリーもささやかで、あまり煌《きら》びやかではない。街全体が省エネ気味で、特別な日でも落ち着いた薄暗闇《くらやみ》に溶け込むのを厭《いと》わない。巨大なクリスマスツリーを置き豪勢に飾っている京都駅以外のエリアには、すでに大《おお》晦日《みそか》、正月の空気がひたひたと押し寄せている。イブまではかろうじてクリスマスモードを保ちつつも、二十五日当日にはすでに店頭や民家の玄関先を注連縄《しめなわ》、門松が飾り始める。京都の街には色とりどりの電飾より、きりりと寒い早朝の初詣《はつもうで》や、〝謹賀新年〟の筆文字の方が似合う。

イブに休暇をとって梅川と過ごすプランはずっと前から決めていた。前原とのことは梅川にも軽く話していた。ほんの短い期間だけ付き合ったけど、二人の間になにも無かったこと。梅川と付き合い始めたと知ったとたん、まとわりつかれるようになり、困っていること。話し合ったらきちんと別れるという言葉を信じて家に行ったら、閉じ込められそうになったこと。梅川は前原にではなくむしろ羽依に怒って、「なんで危険なん分かってるのに家まで行ったんや」と声を荒らげた。ちょっと話すくらいやったら大丈夫かと思ってん、ごめんな、と詫《わ》びながらも、日頃は穏やかな梅川が自分を心配して本気で怒っている姿が、羽依はこっそりうれしかった。前原とのことで落ち込んでいた羽依だったが、クリスマスが近づくにつれて気分は治まり、梅川との初めてのイブが待ち遠しくてたまらなかった。

十二月二十四日、家まで迎えにきた梅川と歩いていると、見覚えのある車が路駐して、運転席に前原がいた。正直ここまでやると思っていなかったから、油断していた。

「人のこと散々ふり回しておいて、クリスマスは満喫するつもりなんて、ほんまええ度胸してるな、お前」

運転席の窓が開いて、前原が梅川を完全に無視して羽依にだけ話しかけてくる。梅川は硬い表情になり前原に会釈《えしゃく》したが、前原は一瞥もくれない。

「話し合いはこの前で済んだでしょう。家のまえで待ち伏せするなんて、正気ですか」

「おいおい、言っとくけど、おれは奥沢のストーカーとはちゃうで。なんでこんなつまらん女を追いかけなあかんねん」

怒りと興奮で引きつりつつも無理やり口角を上げる前原は、昂《たか》ぶりすぎた神経が露《あら》わになったヒステリックな表情で、男前のかけらも残っていなかった。

「奥沢が最近あんまりたるんでるから、おれの仕事にも支障が出てきて、今日こそ注意したらなアカン、悩みがあるんやったら聞いてやらなアカンと思って、わざわざ訪ねてきたってんで。親切やろ。まあ、昔付き合ってたよしみもあるしな」

「付き合ってたって、たったの二か月でデート三、四回しただけじゃないですか」

あきらかに梅川のまえで羽依を下げようとしている前原の魂胆にひっかからないよ

う、羽依は感情を表に出さない冷静な口調をつらぬき通した。

「羽依は軽いよなー。なぁ梅川、こいつ誰とでも付き合って、ちょっと味見したら捨てるタイプやぞ」

「嘘《うそ》ばかり言わないでください。いくら上司だからって、言っていいことと悪いことがありますよ」

「あ、元彼やからって威張るつもりはないで。こいつの元彼なんておれのほかにも何人もいるやろし、なんの自慢にもならへんから」

へらへら笑いながらも瞳《ひとみ》をぎらつかせている前原は、車のハンドルを血管の浮いた指できつく握りしめている。羽依は怒りで目の前が薄暗くなったが、怒っていいはずの梅川はじっと黙り込んで前原を見つめている。

「ええ加減にせえや」

「は？」

「調子に乗るのもいい加減にしろ！　頭おかしいんちゃう、振られた女にいつまでつきまとってんねん」

キレたのは梅川ではなく羽依だ。よっしゃ、上等や。いざとなったら会社を辞めてやる。でもそのまえにこのド腐れ野郎の息の根を完全に止めてやる。

「よういままで好き放題言うてくれたな。私が言われっぱなしで黙ってると思うんかい、お前に監禁されたあとキチンと復讐の材料そろえたったわ」

見たことがないほど変わった鬼の形相の羽依に、前原がぎょっとした表情で、車の窓から乗り出していた顔を引いた。

「お前、私と同じように前にうちに勤めてた新入社員の女の子を、関係持って遊んで捨てて、退職にまで追い込んだらしいな。くわしく調べたから、事情は全部知ってるで。佐々木美晴さんや。聞き覚えのある名前やろ」

たちまち強張《こわば》る前原の表情に手ごたえを感じる。

「覚えてるよなぁ、たった三年半前やもんなぁ。当時は円満退社みたいに言われてたらしいけど、お前と付き合ってたって噂で聞いて、直接会ってきたわ。いやぁ、ずいぶん恨んではったで。辞めた直後は悲しくて恐くて文句の一つも言えなかったけど、後からフツフツと怒りがわいてまだ消えんらしいわ。なんで私が辞めなあかんかったんや、って」

佐々木については以前から調べていた。年上の女子社員の陰口のなかに、ときどき彼女の名前が出てきたからだ。会社の先輩にさりげなく彼女について聞いたら、嬉々《きき》として教えてくれた。彼女の連絡先は古い社員名簿を漁《あさ》って見つけた。前原のマンションに閉じ込められたあと、彼女に連絡して事情を話したら、喫茶店で会うことになった。いくらモメているとはいえ、元彼の元カノに会うなんて度を越えてるし、楽しい行為ではないので死ぬほど億劫《おっくう》だったが、いまとなっては会っておいて良かった。

「佐々木さんは私も同じ手で追い込まれてるって知って、余計怒ったはったわ。いつでも会社に一緒に乗り込んでもいいですよ、って言ってくれはった。たくさんの証拠をまだ捨てずに当時のまま持ってはるらしいわ。会社通ってたときはお前に洗脳されて、萎縮《いしゅく》しきってたけど、今ならなんにも恐いものはないって言ったはったで」

「ふん、それで脅してるつもりか。佐々木は結局会社に必要とされなくなったから、辞めざるを得なかっただけや。時間が経《た》って、おれのせいにしてプライドを守ってるんやろ」

「どうかなぁ、私も彼女とまったく同じ状態に置かれてるんやけど。私は仕事は順調にやってますよ、楽しいし。でもあんたにハラスメントくり返されて、嫌になってきたわ。あ、ちなみにいままでの会話は録音してますから」

「は?」

「車でここ来はってから、私や梅川くんに向かってしゃべった言葉、全部携帯で録音したから」

羽依は携帯を取り出し、カメラモードにして前原の顔をすばやく撮った。

「はい、これでクリスマスイブに自宅まで押しかけてきた写真も撮れました。佐々木さんといっしょに会社行ったとき、今日のデータも差し出すわ。未練たらたらでストーカー化してるのはどっちか、社内のみんなに判断してもらおか。会社どころか、法律事務所に行ってもいいかなぁ」

本当は録音なんかしていなかったが、口からすらすらとハッタリが出てくる。

「さすが〝盗聴魔〟と言われてるだけのことはあるやろ。いや、今度の場合は〝盗撮魔〟かもしれへんな。自分だけは免れると思った？」

前原は無表情になった後、優雅といっていいほど鷹揚《おうよう》な表情を浮かべ、声に出さず唇だけで「おぼえてろよ」と言った。羽依は足元から崩れ落ちそうなほど恐怖を感じたが、無反応を貫いた。

前原の車が去ってゆく。見えなくなるまで睨《にら》みつけ、完全に車が視界から消えたあと、羽依はため息をついた。

「やっと帰ったわ。ほんま、しつこすぎ」

勝ち誇って振り向いた羽依の目に、戸惑いを隠しきれない様子の梅川が映った。

黙って二人で駅まで歩き、改札を通ったところで梅川がつぶやいた。

「羽依に振られたのがよっぽどくやしかったんやろな、前原さん。よりによって、イブに押しかけてくるなんて」

上司の未練が残る女をおれが手に入れてやった、とせめて梅川が優越感に浸ってくれればと、期待を込めて彼の表情を盗み見したが、浮かんでいたのは疲れと哀《かな》しみだけだった。プライドを満たしたい、張り合いたいという競争心の無いところが梅川の長所だったが、その分穏便に済ませられなかったできごとから受けるダメージは大きそうだ。

前原の前では顔色を大きく変えなかった梅川は、二人きりになって時間が経つにつれ、段々言葉少なになり、ついには黙りこんでしまった。自分を見ずに窓の外を眺めて口を閉ざす梅川の横顔に、羽依は恋の終わりを予感した。もう彼は前ほど私を熱のこもった目で見つめることはないだろう。いくつか恋を経たなかで、付き合った男たちは思いもかけない瞬間に愛を冷めさせてきた。

女が一時的に相手を本気で嫌いになり、和解した後また一気に燃え上がるのと違って、男は一度失った分の熱を、同じ女にまた向けることはほとんどない。前原のように手に入れられなくなってから躍起になって執着心を取り戻すことはあるかもしれないが、同じように見えてやっぱり以前とは質が違う。きっと男の方が女への幻想や憧《あこが》れをいっぱいに膨らませて恋愛しているのだろう。

梅川もきっとロマンチックな幻想を私に対して持っていたはずだ。訊《き》きたいこと、問い質《ただ》したいことはたくさんあるだろうに、核心には触れない梅川の気遣いが逆に苦しかった。

「まあ、会社では普通に振る舞おうや。前原さんもさすがに会社にまで私情は持ちこまへんやろ。また羽依の家に来たり、プライベートで近づいてくることがあったら、おれにすぐ連絡して。駆けつけるから」

「ありがとう。大丈夫、いざとなったらもう会社辞めるし。まあ辞める前に全力であいつの悪行を会社のみんなに知らしめるつもりやけど」

梅川は少し黙ったあと、口を開いた。

「会社、ほんまに辞める気なん?」

「もちろんできるだけ続けたいけど、あいつの出方によっては難しいかもね。いままでも嫌な噂《うわさ》流されて、ほかの社員ともめたこともあったし」

「そうか、残念やな」

こうして話してみると、自分はもめごとばかり起こしていて嫌になる。

「まあ、どっちにしてもおれは、絶対辞めれへんしなぁ」

梅川の呟《つぶや》きに、はっと気づいた。そうだ、私が去ったとしても梅川は前原やほかの社員たちと一緒に毎日仕事をやらなければならない。かなりストレスフルな毎日になるだろう。

「ごめんな、私のもめごとに巻き込んで」

「いや、ええよ。前原さんが悪いんやし。前原さんのせいで辞めた女性の社員なんて知らんかった。羽依がその人の二の舞になるのも納得いかへんから、おれとしてはできれば辞めんといてほしいな」

「うん。がんばるわ」

「あんまり無責任なことは言えへんけど、羽依なら大丈夫やと思うわ。帰りぎわの前原さん、羽依にだいぶびびってたし。羽依は怒るとすごいギャップあるんやなぁ、顔つき変わるし声もドスきいてて、脅し方も完璧やし、ヤクザみたいやったわ」

梅川が力なく笑う。

「ごめんね、もっと無難なやり方で追い払えたらよかったんやけど。梅川くん、丸く収めようとしてくれたのに」

「まぁ前原さんもしつこそうやったし、あれくらい言った方がおとなしくなるかもしれん。でもおれは、あんまり過激なんは、好かんなぁ」

梅川がやんわりと付けくわえた。

京都市右京区で、ある企業が催しているイルミネーションに、京都に住んでいながら羽依は行ったことが無かったが、実際訪れてみると想像していたよりずっと規模が大きくて驚いた。梅川の話によると市内最大級だそうだ。企業の周辺の敷地は電飾つきの街路樹で埋め尽くされ、動物をかたどったイルミネーションが光り輝くなか、茶色い革のブーツで元気に歩き続け、新しいイルミネーションを見る度に歓声を上げながらも、羽依の心はひりひりしたままだった。梅川も微妙にいつもとリアクションが違う。

何かが決定的に違ってしまったのを忘れてしまうほど、楽しい瞬間もあった。けれど、ふとしたときにお互いの笑顔がぎこちない。前原のせいであって、前原のせいではない。この気まずさをうまく乗り越えられるだけの基盤を、二人は築けていない。

梅川が予約してくれたホテルの部屋には、クリスマスツリーが飾ってあった。

スイートではないが、窓からの景観も良く、内装もプチパリ風で女性が喜びそうな雰囲気で、明らかに人気は高そうだ。きっと何か月も前から予約しておいてくれたのだろう。付き合って初めてのイブに梅川があれこれ準備をしてくれた努力が見える度に、今日の前原との対決が色濃く浮かび上がる。梅川の心づくしがさりげなくて、僕はこんなにあなたのために頑張りましたアピールもまったく無い分、羽依は申し訳なくていたたまれなかった。どれだけ女の子らしく可愛《かわい》く喜んでも、梅川の脳裡には前原を脅している自分の姿が焼きついているだろう。

シャワーを浴びたあと、二人はキングベッドにダイブして、きっちりとやった。たとえ明日別れることになっても今夜はセックスすると決意していた羽依は、すべてを忘れて梅川の肌の暖かさを吸い込んだ。梅川の肌の香りはなぜか懐かしく、ゆっくりただ抱きしめてほしい気持ちと早く一つになりたいと急《せ》く気持ちがないまぜになった。

一心不乱の動作が終わると、二人ともなんとも言えず満たされて、以前の親しみと快活が戻ってきた。二人で裸になって至近距離で見つめ合っていると、邪魔なものなど何も入ってこない。ベッドの上だけが内の世界、あとはすべて外の世界だ。

ツリーのそばの長椅子《いす》に横たわると、今日蓄積した疲れが堰《せき》をきってあふれ出した。眠気でまぶたが重くなってきて、色彩豊かに点滅している電飾が、ぼうっと近くなったり遠くなったり、催眠術みたいに見える。

「クリスマスツリーのオーナメントって、全部の飾りに意味があるらしいよ。たしかキャンディは羊飼いの杖《つえ》で、丸い球は知恵の実のリンゴ、てっぺんの星はベツレヘムの星、ヒイラギはキリストのかんむりを表してるんやって」

「へえ、おもしろいね。聖書をモチーフにしてるんや。私、知らんかったけど神聖なものなんやね、ツリーって」

つやつや光る赤い球を見つめたまま、魂が抜けてゆく。球の表面には湾曲した自分の顔が小さく映っていて、まるで私が球のなかに閉じ込められたみたい。

「あぁ、明日、会社行きたくないなぁ……」

梅川からもれた呟きに、羽依は心底同意した。

年の瀬も押し詰まった十二月二十七日、夕食で家族全員がそろったとき、綾香はつとめてさりげなく、宮尾さんも元日のおせちを食べる昼食に誘ってもよいか打診した。

「クリスマスに宮尾さんから聞いたんやけど、あの人仕事で気になる案件があるらしくって、元日の夕方から出勤するねんて。やから高槻《たかつき》の実家には二日から帰るらしいので、午前中から昼には会おうかって話になって、初詣とうちの実家へおせち食べに来ないか誘ったら、もしご家族が許してくれるなら、ぜひ来たいって言ってて。お母さん、大丈夫かな？」

いきなり話をふられた母は、あわてて答えた。

「私はもちろんええよ。おせちに一人増えたも減ったも関係ないし。話には聞いてるけど宮尾さんに会ったことないから、会えるんやったら楽しみやわ」

「ありがとう。もちろんおせち作りは前日に手伝うから安心してな。父さんは大丈夫？」

なにしろ付き合うことになったらすぐ報告すると家族には言ってあるので、恋愛の進み具合をすべて把握されている分、恥ずかしい。父もまた母と同じくらいあわてた。

「父さんももちろん大歓迎やで。綾香の好きなようにしたらええよ。ただ昼はきっちり十二時から始めるから、遅れんときや」

「うん、気をつける。ありがとう。羽依は梅川さんを連れてくるの？」

「ない、ない」と羽依は顔の前で手を振った。

「初詣は一緒に行くけど、そのあとのお正月はそれぞれの実家で過ごすことになってるから。宮尾さん、正月から仕事任されてはるんやな。つくづくうちの会社はブラックやわ」

話が思ったよりスムーズに進んで綾香はほっとしたが、一方で話を切り出したときの家族の反応が、ちょっとぎょっとしていたふうに見えて、内心気を揉んだ。

「凜ちゃん、ちょっと相談したいことがあるんやけど」

食後に凜の部屋を訪ねたときも、違和感をまだ引きずっていた。

「どしたん、あらたまって」

「あのさ、お正月に宮尾さんを家に呼ぶのって早すぎると思う？　私たちまだ付き合ってもないのに実家に呼んで親に会わせるなんて、すごく焦《あせ》ってると思われるかな？　羽依ちゃんは梅川さんと付き合ってるのに、お正月は別々に過ごすって言ってるのに」

凛は〝なんだそのことか〟という顔つきになった。自分の進路について言われると思っていたのかもしれない。

「いいんちゃう、宮尾さんも喜んで来たいって言わはったんやろ。軽い気持ちで来てもらって、迎えればいいやん。宮尾さんは羽依ちゃんとも同僚なんやし」

「でも他の人が聞いたら先走りすぎな話やと思わへんかな？」

「宮尾さんとはもう付き合ってるも同然やない？　何回もデートして、クリスマスも一緒に過ごしたんやろ？」

凛は自分の言葉に赤面していたが、赤面されるいわれはない、と綾香は心の中で思った。別にまだなんにもないもん、クリスマスもディナーを食べて夜の十時には家に帰って来たのだから。

「ありがとう。まぁもう決まってしまったことやし、あんまり考えへんようにするわ」

「ずいぶん宮尾さんとの関係に用心深くなってるんやな、姉やん」

「だって微妙な関係やから。彼氏彼女となればまだ気持ちが楽になるやろけどな」

いままでのデートでもクリスマスでも微妙な雰囲気になることはあった。会話にちょっとした間ができて、ただ話が途切れた以上の緊張が二人の間で漂ったり、ベンチに座っていて宮尾さんが肩に手を回してきそうな動作からすっと逸《そ》れてベンチの背に腕を置いたり。いくつもの予感、期待、でも悪い結果なら知りたくないと思う苦しみ。彼と会うときはいつも細かく激しく気持ちが揺れて、でもその度になんでもないひとときとして日常にまぎれてゆき、いつしか彼の一挙一動に深い意味を考えなくなった。

お正月に綾香の実家に誘ったときも、なにか理由をつけて断られると思っていたら、思いのほか良い反応で乗り気の返事がかえってきたことも、だから、期待しないようにした。これからのお付き合いを考えて家族に挨拶《あいさつ》したい、なんて思ってるわけじゃなくて、単純に元日におせちを食べてきちんと過ごせるのが嬉しいだけかもしれない。いや、そうだろう。

結婚を焦ってると思われるのが、なにより嫌だった。付き合ったら結婚しないといけない年齢だ、と意識されたくなかった。宮尾と出会うまではあれほど強かった結婚願望がいまでは影をひそめて、もっとニュートラルな気持ちで二人の関係を進めてゆきたいと望んでいる。

お正月は、凜の言う通り、さらっと宮尾を迎えて、深い意味を持たせずに滞りなく終えるのを目標にしよう。

大晦日、大掃除をしている最中に羽依が和室の小部屋へ引っ込んで、箪笥《たんす》から様々な種類の着物や帯を引っ張り出しているのを綾香は目撃した。

「羽依ちゃん、着物なんか見てどうしたん。めずらしいな」

「梅川くんと初詣に行くときに着ていくつもりやから、今のうちに箪笥から出して、和装のハンガーに吊っておかなと思て」

「なんや羽依ちゃん、私にはデートに着物は張りきりすぎと言っておいて、自分は着物着るんかいな」

「姉やんの場合は初デートやったやろ。正月はええやん、みんな着てはるやん。姉やんも着るやろ？」

「言われて初めて思い出したわ。そういえばお正月って着物を着るなぁ。私はお正月は毎年ほとんどうちか親戚《しんせき》の家にしか居てへんかったから、お正月に着物っていうのをすっかり忘れてた。正月特番のテレビの中のタレントが着てるイメージしか無かったわ」

「なに言うてんの、正月こそ着るべきやろ。着物大好きの姉やんが何をぼーっとしてんのん。いっしょに着ようよ」

「着物なんか着たら、張りきりすぎになるわ。宮尾さん、びっくりしはるやろ」

「初デートに着物で行こうとした人の発言とは思えへんわ。恋すると人は臆病《おくびょう》になってほんまやねぇ」

図星をさされ、恥ずかしすぎて不機嫌になった綾香はそっぽを向いた。

「初デートのときに着物を着ていくのをとめたんは、羽依ちゃんやない。私、あのときの言葉がまだ心に残ってて、着物恐怖症になってるんやわ」

「そんなおおげさな。ほんならそのキョーフショーを一緒に克服しようよ。二人で着てたら宮尾さんも不自然には思わはれへんって」

綾香の気持ちがどんどん傾いてゆく。確かに羽依も着てるなら、宮尾さんも深いメッセージと勘ぐらないかもしれない。

「ほんなら、そうしよか。私、着付けやったげるわ」

「うれしい！　初詣は朝早いし混むし、美容院に行くの大変やからどうしようか悩んでてん」

年の明ける瞬間を、奥沢家は全員そろって静かに迎えた。十二時になると母が窓を開けて鐘の音に耳を澄ます。近隣の寺がいっせいに百八つの鐘を鳴らすので、ちょっとずつずれて方々に鐘の音がこだまする。めいめい熱い湯に浸かって寝支度を済ませ、冷えた寝床で布団を顎《あご》までかぶって眠りについた。

元日当日、綾香は気分の高揚でよく眠れず、六時ごろに起きた。半径徒歩一時間以内にある神社すべてに初詣に行くのが趣味の父は、夜明けと共にすでに家を出ていた。神社の多い地域なので十以上回る予定のはずだ。おせちを食べるために昼前には帰ってくるだろう。歯をみがいたあと綾香は掃除が行き届いているか、最終的なチェックをするために、二階の部屋や廊下、階段を経て一階へ降りて、最後に玄関に一瞥をくれた。

玄関の隅には幽霊が溜《た》まる、と凜が言っていたことがあった。特に冬の夕暮れどき、盆地のせいか一気に下がる外の気温がドアの隙間をぬって家にしのび込み、昔は土間だった、いまは御影石《みかげいし》の玄関の隅を、恨みを持った幽霊がじっとりと冷たく濡《ぬ》らすのだという。

それは結露であって幽霊ではない、と他の家族が笑い飛ばしても、凜は悪霊《あくりょう》退散と盛り塩を置いた。でも家族から「逆にコワイ」とクレームを受けてからは、塩拭《ぶ》きで掃除したり、お気に入りの明るい色の傘を置いたりして、隅に霊が溜まるのを防いでいる。

ドアの最上部が赤やオレンジ色のステンドグラスになっている玄関は、陽がいっぱい入って広めで明るい雰囲気なのに、凜はなんで霊なんて言い出すんだろう、と綾香はずっと訳が分からなかったが、こんな幸せな元日の朝、一点の曇りも見落としたくないと家をチェックしていると、確かに玄関の気温の低さは何かこう、気になるものがあった。

さくらんぼの模様が小さく入っている持ち手が木製の凜の傘が、外から入ってくる不幸をけなげに防いでいるようだった。綾香は今日持っていくつもりだった、真っ白に水色の糸でイニシャル〝A〟の刺繍《ししゅう》が入ったハンカチをエプロンから取り出すと、傘の柄に結んだ。

羽依と一緒に着付けと髪結いとメイクを済ませて、八時には綾香はバスで八坂神社へ、羽依は電車で伏見稲荷へ向かった。八坂神社の門前ではすでに宮尾が待っていて、綾香を見つけると手を振ったが、いつもならすぐの距離が着物で小股《こまた》で歩くのでなかなか近づかない。

「綾香さん、急がなくても大丈夫です。足元に気を付けてくださいね」

宮尾が飛ばした声に安心して、綾香は防寒のために爪皮《つまかわ》をかぶせた、雪の結晶の柄が鼻緒に描かれた草履で石段をゆっくりと登った。

「まさか着物で来てくれるとは、思いもしませんでした。朝早くにすみません、大変やったでしょう」

宮尾は自分も石段を降りてきて綾香を出迎えた。

「きれいな晴れ着やなぁ、綾香さんは首が長いからよう似合ってはる」

人生で初めて褒められた首を赤らめて、綾香がぎこちなく微笑《ほほえ》む。

「ちょっと派手かもしれなくて、迷ったんですが。お正月やし、みんな着はるしええかなと思って」

「うん、着物は豪華さが出て、元日にはぴったりや。確かに着物着てる女の人はよう見かけるけど、綾香さんが一番華やかに見える」

おせじではないかと綾香は宮尾の顔色をうかがったが、本当にうれしそうな表情で自分を見つめているので、ほっとした。東大路通に面する西楼門は、改修した朱塗りも新しく、八坂神社の玄関口として風格のある構えを見せている。西楼門の真新しさと色遣いの派手さには歴史の重みを感じない、日本らしいわびさびが無い、と嫌がる人もいるが、綾香は正月にも花見の時期にもたくさんの参拝客を吸いこんでゆくこの門の仰々しい華やかさが好きだ。

石段を登りきったあと後ろをふり返ると、まっすぐに伸びる四条通が首の骨のように京都の真ん中を貫き、頭を支えていた。通り沿いの道は両側とも参拝客や観光客でごった返して、首の筋肉部分である祇園や河原町が経済を頑強に支えている。狭い道幅に車はクラクションを鳴らし、バスは長い車体をものともせずに急ハンドルを切って東大路通を曲がる。

いつからこんなに賑《にぎ》やかなまちになったんやろう、京都は。

年々増える人出に驚きつつ、半ば呆《あき》れ、しかし誇らしい気持ちも隠せぬまま、綾香は矢を背負った随身の木像が両脇《りょうわき》に置かれた門を通り過ぎた。

提灯《ちょうちん》の並んだ舞殿を「やっぱり舞殿は夜の提灯が点《つ》いてるときの方が雰囲気がある」と二人で言い合ったあと、本殿の行列に並んだ。やたら参拝方法を丁寧にこなす宮尾を横目で盗み見しつつ、ペースを合わせながらお詣《まい》りした。ついでにおみくじを引いたら、綾香は小吉で宮尾は半吉、二人とも〝待人来ず〟だったので、来たやんね、と笑い合った。手を引いて歩いてくれればいいのに、と綾香は自分を気遣い少し前を歩いて人避《よ》けをする宮尾の背中を見つめた。帰り際《ぎわ》に甘酒を買い、二人で飲んで、快晴ではあるものの風は皮膚を切りそうなほどの寒さを癒《い》やした。猫舌だという宮尾の、高い背に似合わないおちょぼ口が可愛い。麹《こうじ》が香る懐かしい甘さが、喉《のど》にほどよい膜を張る。

綾香たちに続き羽依も帰ってきて、さっき起きたばかりなのが丸出しだったパジャマ姿の凜も、顔を洗いよそゆきのブラウスとスカートに着替え、ぞくぞくと居間にみんなが集まってきた。一つの部屋に三人も晴れ着姿の女性がいると、鏡餅《かがみもち》を飾っただけで特に日常と変わらない風景だった居間が、一気に晴れの日らしくなった。

綾香は、小紋ではあるが正月らしい豪華な、光沢のある綸子《りんず》地のグリーンに大胆な扇面の描かれた着物を着ている。羽依は巻いた髪をきっちりまとめ上げ、前髪もタイトに横流しした髪型で、白地に可愛いらしい花柄模様の、ぽってりとした上質なちりめん地の着物を着ている。それぞれの着物は、彼女たちが普段見せているのとは違う魅力を引き出すのに成功していた。二人に触発された母も大急ぎで象牙色《ぞうげいろ》の着物に、黒地に金の龍村《たつむら》の錦帯《きんたい》を締めて、重たげだが品のある所作が、さすがの貫禄だ。

「道の向こう側から美人が歩いてくると思ったら綾香さんで、びっくりしましたよ。わたし、着物のこととかよく分からへんのやけど、ほんま似合ってはります」

誉《ほ》めてくれるのがうれしい反面、宮尾の心理が分からずやきもきする。これだけ家族のまえで持ち上げておいて、その後「お付き合いのお話は残念ですが無かったことに……」と言われたら面目丸つぶれだ。

いけないいけない、と綾香は笑顔に戻った。軽い気持ちで実家に迎えると決めたのに、気づけば期待しすぎている。

「梅川も羽依さんの着物姿にずいぶん喜んだでしょうね」

宮尾は照れ隠しなのか、額の汗をふきながら羽依に話をふった。

「どうやろ、そうでもなかったですよ」

「それはあり得へんでしょう。社内でも梅川は羽依さんにべた惚《ぼ》れやって評判ですよ」

羽依が少しほっとした笑顔を浮かべる。

「ほんなら喜んでたんかな。とにかく伏見稲荷は人がいっぱいで、なんとかお詣りできて、帰りの電車も満員やったけど無事家に帰ってこれて、やっとほっとしました。やっぱり着物は大変やね、私は姉やんと違って着物を着なれてへんし足袋も草履も足が痛くて難儀やったわ。いまもお腹《なか》が帯で締まってきついねん。あー早く食べ終わって脱ぎたい」

着物を着てもちっとも行儀が良くならず、帯と着物の間に指を挟んで引っ張る羽依に両親が苦笑いした。

奥沢家の正月の料理は毎年決まっていて、まず澄まし仕立ての雑煮から始まる。具はしいたけ、かしわ、ほうれんそう、焼いた餅ときわめてシンプルで、雑煮は白みそが主流の京都で澄ましなのは父の好みだ。おせちは三段重ねで、一番下には京にんじんや里いも、こんにゃくなどの煮しめ、二段めには鰤《ぶり》や鰆《さわら》の西京焼、数の子、紅白かまぼこ、栗《くり》きんとんなどスタンダードなおせち料理が敷きつめられている。一番上の段はまぐろの角煮、牛肉としょうがの煮込み、だて巻、お客様が来るからと張りきって加えられたボイルロブスターなどだ。

初めて会う両親もいる家族が勢ぞろいした場へ混じるとなると、宮尾も気後れするのではと懸念《けねん》していたが、本格的な京風のおせちに感動し、お屠蘇《とそ》で顔を赤くして、奥沢家に自然に溶け込んでいる。女ばかり多かったこの家族に彼が一人加わっただけで、ようやく均整が取れて、いつもは影の薄い父も宮尾と話してうれしそうだ。

こんな光景が、ずっと見たかった。

自分にはすでに家族がいる、大人になったいまでも一つ屋根の下に住む、大事な家族だ。でもいつか、元の家族に自分が新しく作った家族のメンバーが加わる日が来たら。宮尾はまだ家族でもなんでもないが、ひそかに夢見ていたシチュエーションが叶《かな》って心が暖かになった。いつもと同じように家族に囲まれていても、隣で笑ってくれている男の人が一人いるだけで、感じるともなく感じていたすうすうした淋《さび》しさが埋まる。

一つ気がかりなのは、いつもお正月となるとはしゃぐ凜が、少し翳《かげ》りのある表情でうつむくように座っていて、ときどき見せる笑顔も弱々しいことだ。きっとまだ進路について悩んでいるのだろう。凜が親への反抗心や遠い場所で羽を伸ばしたくてこの家を出て行きたいと思っているのではないらしいと、両親もそろそろ気づき始めたみたいだけど、なかなかGOサインを出せないようだ。

「凜ちゃん、かるたしよか」

食事が終わると年甲斐《としがい》もなく毎年いそいそといろはかるたを持ってきて「犬も歩けば棒に当たる」などと大きな声で読み上げるのが好きな凜が、今日はいつまで経《た》っても動きださないので、綾香が気をきかせて声をかけた。

「ええわ、宮尾さんも来てはるのに大人ばっかりでかるたなんて、変な家やと思われるわ」

「見栄《みえ》はることないのに、じっさい変な家族やねんから。どっちにしても、なにかゲームしようよ、お酒ばっかり飲んでたら誰かが酔い過ぎで倒れてしまうわ」

「じゃあトランプしよう。大富豪とか、株とか、ポーカーとか、勝ち負けがはっきり決まるやつ。二階にあるから取ってくるわ」

カードゲーム全般が大好きな凜は元気を取り戻して、二階へと階段を駆け上がった。

昼過ぎからは雪が降り始め、大きくふわふわした雪が舞うなか、ほろ酔いの宮尾は奥沢家の人間に何度も礼を言い、会社へ出かけていった。

昼の食事の片づけをして、正月特番のテレビを見ながら夕食をおせちで済ませてすっかりくつろいでいる頃、綾香の携帯が鳴った。宮尾からだ。

「仕事が九時くらいに終わりそうなんですが、それからまた会えませんか？　遅い時間からですみませんが」

「私は大丈夫ですよ、特に用もないし」

「じゃあ会社出てから一旦《いったん》うちに戻って、車でお宅まで迎えに上がります。ちょっとだけ一緒に出掛けましょう」

「分かりました、待ってます」

言ってから綾香の心はなぜかちくりと痛んだ。

「でも大丈夫ですか。お仕事がいそがしいのに無理していらっしゃいませんか」

「まったく。新年にまで残った仕事はいまいましいですが、終わったあとに綾香さんの顔が見られると思うと、めっちゃヤル気出ますよ。だから会ってください」

宮尾の返答は綾香の過去の失恋の古傷まで癒やしてくれる完璧《かんぺき》さで、綾香は思わず華やいだ声で「私も楽しみに待っています」と返した。

すでに風呂《ふろ》に入り部屋着に着替えていた綾香は大急ぎで化粧をして、冬の夜でもなるべく寒くないよう防寒を凝らした、しかし朝の着物姿と落差が出過ぎないよう適度にお洒落《しゃれ》も大切にした服装に着替えて、宮尾が来るのを待った。

ほかの家族にばれないよう、家から少し離れた場所へそっと車を停めた宮尾から連絡が来ると、綾香は「近所へ散歩に行ってくる」と家族に伝えて家を出た。

「すみません、朝も昼も会ったのに、夜まで呼び出して。明日から高槻に帰るから、冬休みに会えるのは今日が最後やと思って」

「私は平気です。宮尾さんこそ早朝から初詣に行って、うちに来て、会社で仕事までしはったのに夜も出てきて、だいぶお疲れじゃないんですか」

「ぼくも大丈夫ですよ、元日だし、ちょっと浮かれてるのもあるし。ねえ、いまから嵐山《あらしやま》へ行ってみませんか。昼の観光地としての嵐山もいいけど、まったく人けが無くなった静かな嵐山も良いものですよ。見たことはありますか」

「嵐山には夜に行ったことはありません。どんな風になってるんだろう、見てみたいな」

　元日の夜で道路も空《す》いているせいか、奥沢家から嵐山までは車で二十分もかからずに到着した。嵐山で一番の賑わいを見せる長辻通《ながつじどおり》も夜は当然すべての店は閉まり、人通りは皆無、時々車が通るだけ。光量の低い外灯が細々点いているだけでしんとしている。温泉地とは違い、宿もたくさんあるわけではない嵐山は、夜はひたすら静かだった。渡月橋の近くの脇道で車を降りた綾香は、肌を刺すぐっと下がった気温に驚いた。時間が遅くなったせいもあるだろうが、嵐山は市街地よりずっと冷えている。遠くに暗い闇に沈んだ山々の連なりが見え、橋の下を流れる桂川のどうどうという音が聞こえた。夜の闇と色を失《な》くした渡月橋の組み合わせは、昼は観光地として賑わう嵐山とは思えないほど侘《わび》しい。灰色の雪が斜めに降り、うっすらと雪の積もった渡月橋の上は、水墨画の世界だ。家から持ってきた魔法瓶に詰めた黒豆茶を車内で飲んでいると雪が止《や》んだので、二人は外へ出た。

「夜になると嵐山は電気が全部消えて、星がきれいに見えるんですよ」

　宮尾の言葉に空を見上げると、白く小さな星が一面に散らばり、一つ一つがきりっと冷たく光っていた。わぁ、と上げた歓声は白い吐息になり空中へ溶ける。

　ゴホ、と宮尾がこもった咳《せき》をする。さっきから何回もしている、風邪とは違う変な咳で、乾いてくぐもっている。咳をする度に筒形に丸めた手を口元に寄せている。

「お茶飲みますか」

空気が乾燥して喉がつらいのかと思った綾香は、魔法瓶のふたをゆるめた。

「ありがとう。いや、やっぱりいいです。ちょっと先に言いたいことがあって」

宮尾の改まった声の調子に綾香はふたに手をかけたまま固まった。なぜ気づかなかったんだろう、大事な話があと一秒後に来るんだ。誰もいない静かに雪の積もったなか、なぜ緊張もせず川べりを歩いていたのか。

「お付き合いのことなんですが。綾香さんと出会った経緯が羽依さんから紹介してもらったというのもあって、お会いした当初からお付き合いをどうしようかというのが念頭にあったのですが」

もうベルトコンベアーに乗って降りられない、目的地に着くまでは猛スピードだ。どっどっと血流の速くなる音が耳の奥から聞こえてきた。口が乾いて寒いのとは別の理由で歯がかちかち鳴る。

「綾香さんの気持ちは分からないですが、ぼく自身はお付き合いしたいです。これからも色んな場所に二人で行って、仲を深めていきたい。好きになりました」

冷えきっていた頬と指先に熱が戻ってきて、マフラーと頸《くび》の間に汗が噴き出す。良かった、悪いほうやなかった。さっと頭によぎった最悪の別れの言葉やなくてよかった。急に身体《からだ》が楽になり、ほどけて、綾香は宮尾に一歩近づいた。

「はい、私も、おんなじ気持ちです」

気の利《き》いた言葉が浮かびそうで一言も浮かばず、眦《まなじり》に緊張を残したままの宮尾に穴のあくほど見つめられたが、もうしゃべれない。代わりに押さえきれない笑顔が唇から広がってゆく。

「ほんまうれしー、です。とてつもなく」

ようやく言って、恥ずかしくて川の水面に視線を移した。宮尾は小声で「良かった」と呟き、彼もまた解放されてゆくのが直接見てなくても雰囲気で伝わってきた。気持ちが通じ合ったのに、ひとときの間、二人はそれぞれ別の方向を見つめながら自分ひとりで安堵《あんど》をかみしめた。綾香が川を眺め続けていると、後ろからぎこちなく宮尾が抱きしめた。いきなり縮まった距離に眩暈《めまい》が起きそうだ。とまどっていると自然にふり向かされて抱き合う形になった。ここから先は理性じゃなくて身体が知っている。合わさった唇は両方ともかさついていた。腕のなかはほっこりと暖かくて、辺りは震えるほど寒くて、生き物がこの世に二人しかいないみたいだ。

「あれっ、ぼく鼻水垂れてますか」

「そうですね。まあ、垂れてますね」

綾香は宮尾の鼻の下が透明な液体で濡れているのをちらっと見た。宮尾はあわててポケットから出したティッシュで、鼻の下をこする。

「寒すぎて感覚が麻痺《まひ》してて全然気づかへんかった。さっき笑ったら、上唇になんか冷たいモンが触れたから、雪かなと思ったけど止んでるし」

「冬は寒すぎて、さらさらした鼻水が出ますよね」

「勤めだしてから京都に長く住んでるけど、こんなん初めてです。この辺りはよっぽど寒いんでしょうね」

「嵐山の辺りは特に寒いですからね、北の方やし、山も近いし。宮尾さんの家がある中心部とはだいぶ気温差あると思います」

〝寒い〟と発音すると余計寒くなり、濡れた足先が凍りそうだ。しんとした冷気は、雪が降っていなくてもみぞれが空気中に溶け込んでいるようで、骨身に染《し》みる。

「はい。雪がこんなに積もってるのも初めて見た。うちの辺りは町の中心部のせいか、いくら降っても翌日には溶けてますから。こんな寒いのに鼻水垂らしながらずっと外にいてすみません。風邪引かはったら大変や。車に戻りましょう」

見上げると宮尾が微笑み返す。洟《はな》をふいた宮尾は笑うと目尻《めじり》が真横に広がって、鼻柱が太いのもあってちょっとかっこ良い外国人みたいに見える、のは好きになったせいで自分の目に紗《しゃ》がかかっているのだろうと、綾香は心の中で苦笑いした。最後にもう一回、と彼の顔が遠慮がちに近づいてきたとき、綾香は自分のすべてを預ける心地で安心しきって目を閉じた。

どの土地で見上げようとも、空は世界じゅうで一つにつながっているはずだが、やっぱり周りの景色が違うと、同じ空には見えない。東京の夜景は明かりのせいで、夜になってもぼんやり明るく、いつまで経っても本物の闇は降りてこないので引っ越し当初は驚いた。昼の東京の空はすっきりと高く、雲一つない薄い水色だ。

入社後の研修の雑談で、東京っていつも晴れ渡ってますね、と凜が言ったとき、上司は平然と答えた。

「うん。関東平野だから、雲がないんだよ」

よく考えてみれば合ってるかどうか怪しいが、聞いたその一瞬は「あっ、そうか」と納得してしまう、当たり前みたいな言い方だった。それ以来凜は、雲のないすきっとしたスカイブルーの空を見上げる度に、真偽はどうであれとりあえず「関東平野やもんなぁ」と呟いている。

五月のある日曜日、凜は一人暮らしの部屋から東京駅までやってきた。京都御所を散歩するのが好きだった凜は、東京でまず行ってみたい場所といえば皇居外苑だった。京都の方はだいぶ昔だが、どちらも天皇がお住まいの場所だから共通した雰囲気があるのかなと思っていた。でも実際に行ってみるとまるで違った。京都御所は特別な日でないと中に入れないので、広大な砂利道の続く御所の周りの御苑を散歩することになる。ただ砂利道が延々と続くわけではなく小道へ入ると小川や樹齢の古い立派な木々が繁《しげ》る美しい景色が見られる。四季折々の花も楽しめて春には桜を見に人が集まる。最大の特徴と言えば御所を真ん中にして取り囲む「ロ」の字形で、延々と砂利道を歩いていると、また元いた場所に戻る。

東京駅から歩いて十五分ほどで着く皇居外苑は、広大な敷地で、丁寧に手入れされた芝生広場には黒松が林となって繁り、東京駅側を向くと丸の内のビル群がこちらを見下ろし、皇居側を向くとビルなど一つも見えない、東京とは思えないほど何も区切りのない空が広がった。凜はさくさくと芝生を踏んで緑の奥へと進んでゆき、陽のあたる場所に生えた黒松の下に持ってきたビニールシートを敷くと、皇居側を向いて座った。

のどかな公園の景色に、高いビルが出現しないのは開放感がある。建物全部が条例規制で低い京都の景色を見慣れている凜は、都心の大きな公園で木々の間から高層ビルが現れる度に、まるで突然ゴジラが現れたかのようにぎょっとしていた。

敷地にはいくつもベンチがあったが、座っている人は少なく、芝生に直接寝ころんでいる人や、凛と同じようにビニールシートを持ってきている人が多い。家族連れやカップルなど訪れている層は様々で、こっそりと雀《すずめ》にエサをやっているおじいさんもいた。〝鳥にエサを与えないでください〟の看板が目に入っていないわけでもなさそうで、凛の視線に気づくと、険しい表情になり顔を背けた。ときどきジョギング姿の人が芝生前の道を走り抜けてゆく。

凛は家で作ってきた、おかかと鮭《さけ》のおにぎり、蒸し野菜とソーセージのお弁当を膝《ひざ》の上に広げて食べ始めた。身体の向きを真正面からずらしてみると、ビルの間から、小さいが東京タワーが見えた。東京タワーは実際に見ると思っていたよりも華奢《きゃしゃ》で、繊細そうにとがった先端のフォルムが時代を越えて洗練された印象だった。夜にライトアップされたときの夕陽が凝縮したようなオレンジ色は、東京のどの場所から見ても美しかった。もっとどっしりして、ぴかぴか光っていると思っていたのに、実物は全然違ったという点では、金閣寺を初めて見たときの印象と似ていた。

あんまり、ゆっくりはしていられない。今日は休日だけど早く家に帰らないと。働きづめの毎日のなか、日曜日くらいはちゃんと休みたいが、今週のグループワークのためのレポートを完成させなくてはならない。いまはまだ配属先も決まらず、都内の本社で研修を受けている。内容はビジネスマナー、グループワーク、工場や研究所といった関連事業所の見学などで、本格的な仕事はしていないが、研修プログラムに向けての準備は大変だ。

上京してからずっと行きたかった皇居外苑に行けただけでも、まだ充実した休日だった方だ。最近は休みの日はレポートを書くかずっと家で寝ていて、自分が東京に住んでいることも忘れそうな日々だったから。

食べ終わった弁当を鞄《かばん》にしまい、服についた芝生の草を払ったあと、凜は外苑をあとにした。一転広がる丸の内のビル街の景色も外苑とは違う美しさがある。高さより幅のあるそれぞれのビルはどれも、洗練されて威厳がある。きっちり区画整理されたオフィス街を真《ま》っ直《す》ぐの大通りが貫く様は首都の風格にふさわしい。ふと通り前の標識を見たら〃行幸通り〃とあり、昔見た古い夢を思い出して総毛立った。衝撃が去ったあとは、無理に深い意味を見出《みいだ》すのはやめようと思い直し、また歩き出した。

丸の内のビル群はずっと見上げていると頸が痛くなってしまうほど高くて巨大だが、不思議と圧迫感のある建物は少ない。全面ガラス張りといった近未来的なデザインではなく、東京駅の丸の内駅舎の雰囲気に連なるレンガ造りの建物が多いせいだろうか。

低層部分は建築当時の大正のデザインのままで、上を現代の技術で建て増した建物もあり、凜は東京駅に帰るまでの道を楽しく歩いた。

歩いていると見えてくる東京駅のレンガ舎は、レトロで美しい建築なのはもちろん、なにかの流れをせき止める役目を一心に担《にな》っている責任を感じる。首都の玄関口として、めまぐるしく進化を続ける街のエネルギーを日々受け入れながらも、門番の役目も果たし、迎え入れて良いものといけないものを、鋭く吟味している。長年の改装計画を経て復活したこの駅舎が、丸の内や皇居の澄んだ空気を守り続けているのだろう。

採用の証《あかし》である内々定通知書を、凜がテーブルの上に置くと、奥沢家のリビングは静まりかえった。凜は血の気を失った能面の表情でうつむいて審判が下るのを待った。父親は渋面を保っていたが、意外にも母親は紙を手に取ってはしゃいだ。

「凜、ほんまに受かったんやな。へえ、大企業やし、いくら教授に推してもらえるといっても難しいんちゃうかなと思ってたけど、すごいやんか、おめでとう。母さん、ここの会社のお菓子、小さい頃からずっと食べて親しんできたわ」

「ありがとう」

意外な反応に拍子抜けしながらも、親に言ってほしかった言葉をようやく聞けて、凜に笑みがこぼれる。

「それで、やっぱりこの会社だと東京で働かんといかんのか？」

父がいつもより低い声で尋ねる。

「うん。新人研修を東京で受けたあと、研究職についたら東京の近隣の研究所で働くことになると思う。関西に転勤する予定は無いかな。会社の組織のほとんどが関東に集中してるから」

「お前が誰もが知ってる菓子メーカーに受かったのは、すごいことやと思う。父さんも母さんも、ほんまやったら心から祝福したいけど、やっぱり生まれてからずっと京都のこの家で暮らしてきたお前が、いきなり東京で暮らし始めるのは、心配でたまらんのや。父さんも母さんも一度の引っ越しもなしにここで暮らしてきた、というのも関係してるかもしれへん。やから、かわいそうやとは思うけど……」

「やれるもんならやってみたら、って、母さん今はちょっと思うわ。こう、実際に内々定通知を持ってこられたら」

自分の言葉を遮って呟《つぶや》いた母を、父がぎょっとして見つめる。

「私はな、凜が大学から大学院に進むって言うたときも〝女の子やのに、なんでそこまで勉強しなあかんのや。お金も時間もかかるし、大学卒業で十分ちゃうか〟と思ってたんや。でもいざ凜が大学院に通い始めて、難しい研究をやってる話を聞いて、どこに遊びに行くわけでもなく研究室に通いつめてる姿を見ると、なんや誇らしい気持ちになってきたわ。この子は私の知らない道を歩むつもりなんやな、って予感めいたものも感じた。

東京行きも初め聞いたときはびっくりしたし、凜は鈍臭い世間知らずなところがあって、そのうえ夢見がちやから、都会を夢見て上京して、でも期待通りに行かなくて辛《つら》い目にあってボロボロになるんちゃうかと、ずっと心配ばっかりしてた。でもこうやって、違う世界で働ける切符を自分の実力で手に入れたんやったら、母さんもう腹をくって応援してあげてもええんちゃうか、って気になってきたわ」

母は自分の言葉に段々興奮してきて、鼻息が荒くなった。

「東京やなんや言うても、同じ日本なんやから、ちょっとは苦労しても生きていけるやろ。もちろん凜がうちからいーひんようになったら淋《さび》しいけど、その分母さんもときどき上京してあんたのとこ訪ねるから、大丈夫や」

「ちょっと待ちぃやお前、なんでいきなりそうなるんや。つい最近まで言ってたことと全然違うやないか。凜の試験の結果がどうであれ、私ら親は毅然《きぜん》として反対しようって言うてたのに」

父の動揺が敵ながらちょっと哀れで、凜は反論もせず二人がもめるのをじっと見つめていた。同時に、二人が反対していたのは、普通に親として凜の今後を純粋に心配していたせいだとうすうす気づいてきた。

「でもせっかく凜の力が認められたんやったら、一回も勤めずに反故《ほご》にするのはもったいないやんか。辛くてもう続けられない、ってなったら、辞めて帰ってきたらええんやから」

長く続いた話し合いだったが、ついに凜と母の熱意に押し切られる形で、父が東京行きを許可した。凜の喜びように、まだ心配そうな父も最終的には笑顔で送り出してくれることになった。

「凜、正月はかならず帰ってこい。お前のためにもなると思うから」

「何言うてんの、もっと頻繁に帰るよ。お盆休みも、ゴールデンウィークも、普通の土日も」

「そうか。働きだしたらなかなか帰ってくるのもむつかしなると思うけど、凜にその気があるんやったら、できるかもな。身体には気をつけや。風邪引いても世話してくれる人おらへんねんから」

「そうやで凜、お父さんの言うとおり、体調には気をつけや。新しい会社に入って、ただでさえ疲れやストレスが溜まるんやから、念願の東京に来れたー、っとなっても、遊びまわったりしたらあかんで」

両親の言いつけを守ろうとわざわざ意識する必要もないくらい、上京してからの凜は忙しく、遊びに行くどころではなかった。引っ越し、入社式、研修と息つく暇もなく、さらに家事は炊事以外ほとんど母任せだったせいで、洗濯機の回し方すら分からなかった。今なら未来の苦労も分かる。料理をする暇ももちろん無く、コンビニ弁当が続いている。布団《ふとん》も床に敷きっぱなし、ベッドが欲しくても選んでいる暇さえ無い。でも会社にいても家にいても、充実感が疲労を上回った。グループワークで出会う同じ新入社員たちとの交流も、凜を元気にしたし、負けないぞと奮起させた。

いそがしくて電話で話す時間がないなかで、二人の姉はそれぞれの恋愛事情を、頼んでもいないのにメールで逐一報告してくれた。

羽依は梅川に振られて、二人の付き合いは半年しか続かなかった。羽依が理由を聞くと、梅川は一言〝疲れた〟と呟いたらしい。『確かに疲れさせたと思う。クリスマスイブの日に決定的に仲がおかしくなったんやけど、それでもいままで保ったのは梅川くんのおかげやと思う』と羽依にしてはめずらしく殊勝な内容を書いてきて、梅川の悪口はいっさい書かなかった。また別れたあとはいつになく元気がなかったらしく、家に帰っても覇気がなくてただ黙々と会社へ行く日々をくり返していたそうだ。

心配した凜が電話すると、「べつにいつも通りやで」と明るい声を出しながらも「正直、色々いままでの自分に対して反省することはあるわ。このまんまではあかんと思ってる」と真剣な低い声でつぶやいた。

いまでは梅川の話はほとんど出ない代わりに、ちょくちょく前原のワルクチが出る。大阪の支社に転勤になったという彼は、役職についたので栄転ではあったが、大阪一恐ろしい、ほとんどヤクザだと言われている上司の下で働いているらしい。

「ちょっと用事があるって本社に帰ってきたとき、見事なくらいやつれてたわ。〝まぁどんな上司でも、自分の職責は果たしますよ〟とか異動の当初はクールぶって吹いてたのにね。いまの前原の上司って、過去にほとんどの部下が辞めてるねんて。散々しぼられてるやろな、いい気味〜」

羽依の口調からは前原をほんとうに嫌っているのももちろん分かるが、他にも彼の動向を気にせずにはいられない執着もうっすら窺《うかが》える。羽依にとって前原は忘れられない強烈な男として印象に残っているみたいだ。

綾香は宮尾さんとの仲が進展して、もう結婚の話を進めているらしい。定期的にきちんとデートを重ねてきた二人は、一旦話が進むとスピードが加速して、周りが驚くほど次々と二人で生きるための準備を重ねていった。急な展開に思えても、二人がしっかり手と手をつないで同じペースで歩んでいるのが伝わってきたので、身内も心配していなかった。

どうも宮尾さんは私と出会った当初から結婚を前提にお付き合いについて考えていたらしい、と綾香は喜びを抑えきれない声で凜に報告した。

「宮尾さんと夫婦になれるのが嬉《うれ》しいのであって、結婚式には別に浮かれない。身分相応にこぢんまり挙げればいい」と言っていた姉が、結婚式会場やドレスや白無垢《しろむく》を選ぶうちに、段々気持ちが上がってきて、山ほどもらってきたパンフレットを読み込んでは、メールに写メの画像添付で『このドレスどう思う?』などと聞いてくるのは、微笑ましかった。

会社が補助を出してくれて借りられた都内のアパートは、1Kの狭い部屋。帰り道にあるコンビニで買った惣菜《そうざい》のサラダとからあげパスタを食べていると、携帯が鳴った。父だ。

「おお、凜。東京はどうや、うまくやってるか」

「うん、仕事も住む環境もなんとか慣れてきたわ。仕事はあいかわらず忙しいけど」

「そうか、よう頑張ってるな。この前の地震は大丈夫やったか」

「ちょっと揺れただけやし、なんも心配ないで。一瞬起きたけど、またすぐ寝たわ。どうしたん、こんな時間に電話かけてくるなんてめずらしいね」

「報告があってな。あのな、このまえ人間ドックの検査で、採血に要再検査の項目が出たって母さんから聞いてたやろ」

「うん、聞いたよ。それがどうかしたん？　二か月くらい前やっけ？」

たしかに母から近況報告で、父がめずらしく人間ドックの検査に引っかかったと伝えられた。新生活を始めたばかりの慌ただしさで、聞いたことを今のいままですっかり忘れていたが。

「あれを別の病院でもっかい精密に検査してもらって、結果が出てん。がんやったわ」

「え」

足元に丸い穴が開き、下へすっと落ちてゆく。意外すぎる言葉に、頭の処理がついていかない。

「たぶん一か月後くらいに手術することになりそうや。正直、この年齢でがん宣告されるなんて、思ってもみいひんかったからショックやわ」

父の声に力はなく、呆然《ぼうぜん》としつつも漠然とした恐怖と戦っているのが、電話からも伝わってきた。

「え、身体は平気なん？」

「まったくの元気。自覚症状はまったく無い。でも正直、手術は恐いなぁ。いままで元気で入院すら一回もしたことなかったから。先生の話によると、全身麻酔で人工呼吸らしいし、手術時間も長いらしいわ。万が一もあるやろうし、手術に入るまえに遺書書こうかと思ってる」

また父さんはそんなこと言って、なに言うてんの、と父の電話越しに女三人の声が次々と飛び交うのが響いてきた。

「いまの、皆の声？」

「うん。二時間ほど前から家族みんなで飲んでるんやけど、女性陣は元気に励ましてくれはるわ。昨日の診察で母さんに付き添ってもらって訊《き》きに行って、母さんもわしも昨日は落ち込んでたんやけど、いまは前向きに家族一丸となってがんばろう、って勢いに変わってきたで。みんなどんどん酒が進んで、〝宴会〟になってきたわ」

確かに電話の向こうからは父の声だけでなく、ほかの家族の明るい声がさわがしく聞こえる。

「もしあかんかっても、父さん正直自分の人生になんの悔いもないわ。娘たちもできたし、長女は結婚できそうやし、羽依とお前は社会で立派に活躍してるし。名前も蛍やし、どうせやったら、ぱっと光ってぱっと散るわ」

「やめてよ、そんなこと言うの」

凜は涙声になりそうになるのを必死にこらえた。

「ごめん、ごめん。ほんなら、母さんに代わるわ」

父が電話を渡し、母が出た。

「凜、ひさしぶり。元気にしてる?」

「私は元気やけど、父さんは心配やな。どの部位のがんなん?」

すごく動揺しているのに、出てくる声はあっさりしていて、ギャップに自分でも驚く。

「前立腺《ぜんりつせん》やって」

「前立腺」

父の前立腺についてなんて、いままで考えたこともなかった。

「なにが原因やったとかあるん？」

「特にないって。どんな人でもなり得るし、たとえばコレが原因ってはっきり断言できる生活習慣も無いみたい。お父さんの場合は人間ドックで特定の数値が平均より高く出てたから発見できたけど、いままで痛みもなかったようやし」

「どんな進行具合のがんやったん？」

少しの沈黙のあと、母が言った。

「あんまり良くはないらしいな」

「どういうこと？」

「検査の数値はそんなに高くなかったんやけど、がんの顔つきが悪いらしいねん」

「顔つき？」

がんにも顔があったとは。怒ったばいきんまんの幼稚な映像しか頭に浮かばない。

「よく分からないんやけど、確かがんってステージとかあるんやろ。あれでいうと父さんはどれくらいなん？」

訊いてから知りたくないと気づいた。〝末期〟という言葉が思い浮かび、絶望が脳に直接降りかかってきて、頭がくらくらする。

「まだ本検査の結果が全部は出てないから、ステージとかは分からんね。まあ、今日はそういうことは、とりあえずいいやんか。病名が判明してまだ間もないんやから、まずはそれを受け止めよう。凜もあんまり深く考えすぎんときな」

母の後ろから酒に酔った家族たちの笑い声が聞こえる。

事実の深刻さに対して、宴は異様に楽しげで、正直少しぞっとした。昔、家族旅行で車で夜の山岳地帯を走っていたとき、山深くのトンネルを抜けると祭りの最中の小さな集落の中を通り過ぎたことがあった。普通の祭りであれば偶然良いものが見られたと喜べるが、集落には道の両側にずらりと提灯が並び、どれも煌々《こうこう》と輝いているのに、人っ子一人外には出ておらず、集落自体にだれもいないかのように静まり返っていた。単に祭りが終わったあとなのかもしれないが、提灯だけが明々と点いたままの光景に恐怖を覚えた凜は、早くこの村を通り過ぎて欲しいと強く願った。あのときの祭りの異様さを、電話の向こうの家族の宴会にも感じた。うつろな祭り。誰もいないなか、提灯だけが灯り、村の細い道を照らしている。

「母さんは大丈夫なん？」

「正直心配やな、当たり前やけど。でも周りの私らが落ち込んでたらあかんと思って、初めは無理にはしゃいでたんやけど、途中からほんまに楽しくなってきた。いまでは父さん、がん告知記念日やから飲むで！　ってお酒飲む理由にしてはる」

凛を除く家族全員の笑い声が受話口から伝わる。いつもと変わらない、いや、いつも以上に変に明るい笑い声につられて、凛も笑ったが、想像以上に陰影の濃い笑い声が一人暮らしの部屋に響いた。声のテンションからして、父は母が強調するほどは元気ではないだろう。なんとか元気を絞り出そうとしているが、怯《おび》えが伝わってきた。でも母も姉たちもとても怯えているのだろう。だから父の恐怖に気づかないふりをして、励まそうと普段より気張っている。そして無理にでも気張っている家族を見て、父も少なからず元気づけられている。

なら、私も暗い声を出してはいけない。

「なんや父さんは、どんだけひょろひょろしてても、身体は敏捷《びんしょう》で、家族の誰より健康に長生きすると思ってたのに」

「父さんは健康やと思うよ。でも……そうやな、できるときはできるんやない、がんって。そうや、父さんの手術はおそらく来月ごろになりそうなんやけど、あんた来れそう？」

「すごく行きたいんやけど、そのあたりはちょうど配属先が決まったばかりやから、帰るのが難しいかもしれへん」

「凛は無理する必要ない。そのへんは父さんもよう分かってはるよ。入社してすぐは忙しいのが当たり前よ。心配せんでいい、帰れるときに帰ってくればいいから」

「うん……ごめんな。大変なときに、私はいなくて」

就職試験を受ける前はあんなに反対したのに、いざ東京へ送り出してからは優しい理解を示してくれる両親に、凜は感謝しつつも申し訳ない思いでいっぱいになった。

「大丈夫よ、うちはもとからたくさん女がいるんやから、一人減ったところで。凜は別天地で一人暮らしにお勤めで大変なんやから、気ィ揉《も》まんとき。ほんならな」

「うん、ありがと」

親の病気なんて、もっとずっと先に起こることだと思っていた。

電話が切れた後もしばらく放心状態で、病名に抱いている単純だが大きい恐怖が同時に襲ってきて、静けさを取り戻した部屋で身体からはみ出て増幅した。上京するときはあんなに泣いたのに、涙は一滴も出なかった。まだ受け止めきれてないし、泣いている場合でも無さそうだ。

ふいにいまも宴会が続いているだろう我が家の居間が、激烈に恋しくなった。みんな同じように不安だろう、だけど家族に囲まれて過ごせば、父と母を囲んで話ができれば、ここで独りで考えているよりよっぽど気が休まるだろう。父さん、母さん、姉やん、羽依ちゃん。けんかもするけどこういうときこそお互い励まし合えば生まれてくるパワーがある。

会いたい。

いろいろ考えてもしょうがない、とりあえず今日は休もう、と母に言われた通り、凜は寝床に入って父の病気について考えないように努めた。が、逃げても逃げても悪い想像に追いつかれる。昔の銭湯は洗い場に赤と青の蛇口があって別々に湯と水が出てきたが、あの蛇口みたいに、熱く苦しい思いと冷たく悲しい思いに分かれたまま、蛇口の下に差し出した手に感情がどうどうと注がれてゆく。両手の上で混じり合い、適温のお湯になってゆくのを、混乱したまま受け止め続けたが、涙も出なければ、吹っ切って眠ることもできなかった。

意識を手放せないまま、すうっと夜が明け、カーテンを開けるとかさかさの心に朝焼けが差す。薄い光は傷に塗る消毒薬みたいに少し心にしみて涙がにじんだが、純粋に朝が来たのがうれしかった。

東京といえど住宅街に住んでいるから、いかにも都会的な風景が広がるわけではなく、一軒家やマンションの建ち並ぶ普通の町並みが目の前に広がる。知らない町。起きた鳥たちの声が聞こえるくらいでなんの慰めもなかったが、東京に来たことに不思議と後悔はなかった。京都のなかにいればどこにいても見られる、四方を囲む盆地の青々とした山の景色が恋しくはなるが、昨日電話を切った後に感じた、家族の揃《そろ》う居間を想《おも》う気持ちの強さとは比べものにならない。生まれてからずっと二十四年間身体のなかへ蓄え続けた京都の息吹《いぶき》はまだ尽きていない。手を開けば暗く沈んだ赤い色をした紅葉をにぎりしめているし、目をつむれば低い建物しか無いせいでどこも区切られることのない、のんびりした薄い空が頭の上に広がる。故郷は記憶のなかですり減っていくが、すぐには無くならない。もっと大らかに時を越えて私の周りを漂っている。ただ家族から得られる安らぎは、喧騒《けんそう》は、いままで空気のように周りにあるのが当たり前だっただけに……。

一睡もしないまま出勤して働かなくちゃいけないことが、大きなストレスでもあると同時に、大きな励みになった。

「自分で選んだ道や」

声に出して呟いてみると、思ったほど厳しい言葉ではなく、どんな言葉よりも自分を励ます言葉に聞こえた。そうや、自分で選んだ道や。自分が前に進むためだけに鎌《かま》で草を刈りながら、無舗装の道を歩いてゆく。辛いこともあるけど、私はいま、とても贅沢《ぜいたく》なことをしている。泣きごとを言う資格はない。

とはいえ、できれば人生の楽しい、優雅な面だけ見て生きてゆきたい。難しいときこそ、楽観的に。そう思うことは弱虫じゃない。生きるためにひらひら舞いながら踊り続けたい。たとえ少し後ろを振り向いただけで、暗い影が自分にまとわりついているのを見つけたとしても。

実家に電話をかけようと凜は携帯を取り出したが、朝早すぎると気づいてやめた。今日は駅前のカフェで朝ごはんを食べようと思いつき、着替えのためにカーテンを引くと、部屋は再び元の薄暗さに戻った。

解説

佐久間文子

単行本が出たとき、『手のひらの京《みやこ》』は綿矢版『細雪《ささめゆき》』とうたわれた。たしかに、長女の綾香《あやか》が次女羽依《うい》の同僚と初デートをする前に手持ちの着物を取り出し、母とあれこれコーディネートする場面や、大晦日《おおみそか》、羽依が初詣《はつもうで》に着ていく着物を選ぶ場面など、谷崎のはんなりした雅《みやび》な世界が現代によみがえるようである。

川端康成『古都』も連想させる。祇園祭《ぎおんまつり》の宵山や、夏も涼しい貴船《きふね》神社、真冬の夜の嵐山。四季折々の美しい京都が、これしかないというフレームで鮮やかに切り取られる。その場所のいずれにも、チャーミングな三姉妹の誰かが佇《たたず》んでいる。

美しいものが失われゆくのを惜しんで書かれた『細雪』や『古都』の世界が、半世紀以上たってもなお名残りをとどめるのが京都という街のすごさで、そこに暮らす人々の底知れなさでもある。

十七歳でデビューし、史上最年少の十九歳で芥川賞を受賞、デビューして今年で十八年になる綿矢が、京都を作品の舞台にするのは、意外なことに三年前に刊行された本作が初めてという。『手のひらの京』は、作家が生まれ育った街に正面から挑み、自分にしか書けない作品世界をつくり出した小説である。

『細雪』の四人、『古都』の二人に対して、『手のひらの京』の奥沢家はそのちょうど間の三人。長女綾香は図書館職員で、三十歳を越して結婚をやや焦《あせ》っており、京都に本社のある一流企業に一般職として勤める次女の羽依は自他ともに認めるモテ女。大学院で生物学を研究する三女の凜《りん》は異性への関心がない。

三姉妹は京都市内の実家住まいだ。両親ともに京都出身で、幼なじみの二人の実家ももともとそれほど遠くない所にあった。祖先が続けてきたいとなみを繰り返すのをいとわないのが、都の人らしさのあらわれだろうか。

父の定年を機に、専業主婦の母も「定年」を宣言、三度の食事をつくらなくなりしょっちゅう遊びに出かけるようになったことが小さなさざ波と言えばさざ波だが、「川に浮いていたのを手のひらでそっと掬《すく》いあげたかのような」都で穏やかに暮らす、仲の良い五人家族である。女系家族の黒一点である父は、「蛍《ほたる》」という名の通り、放つ光も控えめだ。

久しぶりに読んで感じるのは、京都の見せ方が実にうまいということだ。誰もが知る場所を取り上げるときでも、少し角度をずらす。たとえば祇園祭の夜の鴨川《かもがわ》ならば、カップルが等間隔に座る河原町側の岸ではなく、祇園側に綾香たちを降り立たせる。水の黒いうねりを見ながら、「かつて合戦場であり、死体置き場であり、処刑場であった」歴史を肌で感じて、綾香は戦慄《せんりつ》する。

あるいは五山の送り火を、街の中心部ではなく、自宅二階の物干し場でスイカをかじりながら眺める。さらに、凜は友人を誘って、煙の臭《にお》いがする距離まで近づき、お経を唱える声を聞く。

「京都の夜は祇園祭の日ですら早い」とか、「歩道に影の少ない町」とか、「京都に残暑なんてない、九月は夏真っ盛りと思っていた方が、精神的に楽である」とか、クリスマスは「街全体が省エネ気味」とか、さりげなく記された一行が、言われてみればそうか、そうだなと、うなずくことばかりだ。

すべての用事を京都で済ませてしまう、琵琶湖を海と教えられて育つ、といった、京都人について言われるちょっとしたことがらも、この作家が書くと、なんともいえないおかしみがただよう。

寺の息子（ボーズボーイズ）との合コンが開催されることもあれば、禅僧の読経の声で目覚める場面も描かれる。小さな限られた空間のなかに堆積《たいせき》した時間の、複雑な流れを感じることのできる街なのである。

これぞ京都というエピソードで、読者の人気も高いと思われる（私も好きだ）のが、「京都の伝統芸能『いけず』」を紹介するくだりであろう。

少し長くなるが、引用させてほしい。

京都の伝統芸能「いけず」は先人のたゆまぬ努力、また若い後継者の日々の鍛練が功を奏し、途絶えることなく現代に受け継がれている。ほとんど無視に近い反応の薄さや含み笑い、数人でのターゲットをちらちら見ながらの内緒話など悪意のほのめかしのあと、聞こえてないようで間違いなく聞こえるくらいの近い距離で、ターゲットの背中に向かって、簡潔ながら激烈な嫌味を浴びせる「聞こえよがしのいけず」の技術は、熟練者ともなると芸術的なほど鮮やかにターゲットを傷つける。

普段おっとりのほほんとして響く京都弁を、地獄の井戸の底から這《は》い上がってきた蛇のようにあやつり、相手にまとわりつかせて窒息させる呪術《じゅじゅつ》もお手のものだ。

京都弁を、地獄の井戸の底から這い上がってきた蛇とは、うまいこと言うなあ、これぞ綿矢りさ、と言いたくなる。まだ京都人に出会っていないよそものを、震え上がらせるにじゅうぶんな言葉のチョイスだ。
「悪目立ちを避ける京都の文化」にあって、おのれの容姿の良さをあっけらかんと誇示する羽依は異質な存在である。会社では、直接的にはプレゼントを贈らなかったこと、間接的には人気の上司とつきあったことから先輩女性社員からの理不尽な「いけず」の標的となる。「京都ではいけずは黙って背中で耐えるもの」という暗黙の了解を破って、羽依は反撃に出る。タンカを切ってすごむのだ。

東映ヤクザ映画顔負けのカタルシスを感じる場面である。羽依のタンカはその後も何度か聞くことができるが、「また私の背中に向かって、いけずを言うたな」というのが、私がいちばん好きな、ハードボイルドな、せりふというか内心の声である。ヤクザ映画のヒーローと違って、暴発した後の羽依は深く後悔し、自己嫌悪に陥り、好きな人にふられてしまうのだが。

三姉妹は似ていない。性格も人との接し方もそれぞれ異なるが、たがいの理解者であり、何かあれば相談できるいい関係だ。『細雪』との比較で言えば、おっとりしてひそかに結婚を焦る綾香は三女の雪子、異性関係で悪評をたてられる羽依は四女の妙子に近い。

凛だけが、誰にも当てはまらない。

羽依以上に美しい顔立ちをしながら、悪目立ちもせず、人に嫌われることもない。感受性が強く、時々、近所の山から得体のしれない妖怪が降りてくる悪夢を見る凛こそが、実は家族のなかでも異質な存在である。凛がものを考える射程は、ひとりだけ長い。「いつか京都を発《た》つかも」と気づいていながら、そのことを表に出さない。両親の反対を受けても着々と行動に移す。

凛は言う。「好きやからこそ一旦《いったん》離れたいっていうのかな、盆地の中から抜けだして、外側から京都を眺めて改めて良さに気づきたいねん」

どうしてもこの部分で、生まれ育った土地を離れる選択をした、作家自身の声を反響させて聞いてしまう。一旦離れて新たな目でとらえ直して描かれる京都は、それほど美しく、慈《いつく》しむように細部が描かれているからだ。

（二〇一九年二月、文芸ジャーナリスト）

この作品は二〇一六年九月新潮社より刊行された。

綿矢りさ著
ひらいて
華やかな女子高生が、哀しい眼をした地味な男子に恋をした。でも彼には恋人がいた。傷つけて傷ついて、身勝手なはじめての恋。

谷崎潤一郎著
細雪（ささめゆき）
毎日出版文化賞受賞（上・中・下）
大阪・船場の旧家を舞台に、四人姉妹がそれぞれに織りなすドラマと、さまざまな人間模様を関西独特の風俗の中に香り高く描く名作。

谷崎潤一郎著
吉野《よしの》葛《くず》・盲目物語
大和の吉野を旅する男の言葉に、失われた古きものへの愛惜と、永遠の女性たる母への思慕を謳う「吉野葛」など、中期の代表作2編。

谷崎潤一郎著
卍（まんじ）
関西の良家の夫人が告白する、異常な同性愛体験――関西の女性の艶やかな声音に魅かれて、著者が新境地をひらいた記念碑的作品。

谷崎潤一郎著
春琴抄
盲目の三味線師匠春琴に仕える佐助は、春琴と同じ暗闇の世界に入り同じ芸の道にいそしむことを願って、針で自分の両眼を突く……。

谷崎潤一郎著
少将滋幹《しげもと》の母
時の左大臣に奪われた、帥の大納言の北の方は絶世の美女。残された子供滋幹の母に対する追慕に焦点をあててくり広げられる絵巻物。

太宰治著
晩年

妻の裏切りを知らされ、共産主義運動から脱落し、心中から生き残った著者が、自殺を前提に遺書のつもりで書き綴った処女創作集。

太宰治著
斜陽

〝斜陽族〟という言葉を生んだ名作。没落貴族の家庭を舞台に麻薬中毒で自滅していく直治など四人の人物による滅びの交響楽を奏でる。

太宰治著
ヴィヨンの妻

新生への希望と、戦争の後も変らぬ現実への絶望感との間を揺れ動きながら、命をかけて新しい倫理を求めようとした文学的総決算。

太宰治著
津軽

著者が故郷の津軽を旅行したときに生れた本書は、旧家に生れた宿命を背負う自分の姿を凝視し、あるいは懐しく回想する異色の一巻。

太宰治著
人間失格

生への意志を失い、廃人同様に生きる男が綴る手記を通して、自らの生涯の終りに臨んで、著者が内的真実のすべてを投げ出した小説。

太宰治著
走れメロス

人間の信頼と友情の美しさを、簡潔な文体で表現した「走れメロス」など、中期の安定した生活の中で、多彩な芸術的開花を示した9編。

新潮文庫最新刊

松原始著
カラスは飼えるか
頭の良さで知られながら、嫌われたりもするカラス。この身近な野鳥を愛してやまない研究者がカラスのかわいさ面白さを熱く語る。

五条紀夫著
クローズドサスペンスヘブン
俺は、殺された——なのに、ここはどこだ？天国屋敷に辿りついた6人の殺人被害者たち。「全員もう死んでる」特殊設定ミステリ爆誕。

A・ハンセン
M・ヴェンブラード
久山葉子訳
脱スマホ脳かんたんマニュアル
集中力がない、時間の使い方が下手、なんだか寝不足。スマホと脳の関係を知ればきっと悩みは解決！　大ベストセラーのジュニア版。

奥泉光著
死神の棋譜
将棋ペンクラブ大賞文芸部門優秀賞受賞
名人戦の最中、将棋会館に詰将棋の矢文を持ち込んだ男が消息を絶った。ライターの〈私〉は行方を追うが。究極の将棋ミステリ！

逢坂剛著
鏡影劇場（上・下）
この〈大迷宮〉には巧みな謎が多すぎる！不思議な古文書、秘密めいた人間たち。虚実入れ子のミステリーは、脱出不能の〈結末〉へ。

白井智之著
名探偵のはらわた
史上最強の名探偵VS.史上最凶の殺人鬼。昭和史に残る極悪犯罪者たちが地獄から甦る。特殊設定・多重解決ミステリの鬼才による傑作。

JASRAC　出1902480-307

手《て》のひらの京《みやこ》

新潮文庫　わ－13－3

平成三十一年四月一日発行
令和五年五月二十五日七刷

著者　綿《わた》矢《や》りさ

発行者　佐藤隆信
発行所　株式会社新潮社
郵便番号　一六二―八七一一
東京都新宿区矢来町七一
電話　編集部(〇三)三二六六―五四四〇
読者係(〇三)三二六六―五一一一
https://www.shinchosha.co.jp
価格はカバーに表示してあります。
乱丁・落丁本は、ご面倒ですが小社読者係宛ご送付ください。送料小社負担にてお取替えいたします。

印刷・大日本印刷株式会社　製本・加藤製本株式会社

ISBN978-4-10-126653-4 C0193